GOBOOKS
& SITAK
GROUP©

三日月書版

三日月書版

輕世代
FW177
抖M的
半吸血鬼
NOVEL 哈皮
ILLUSTRATION
Vol.3
亞麗莎
三日月書版

抖M的半吸血鬼

Masochistic Dhampir

Vol.3

亞麗莎

目錄 contents

亞麗莎

全名：亞麗莎．弗雷．德古拉
（Alisa Frey Dracula，簡寫A.F.D）

年齡：239歲

職業：無職

身高：149CM

體重：39KG

種族：吸血鬼（德古拉家族）

傲嬌又暴力的小女孩（外表），
但有時候也有溫柔體貼的一面。
超級甜食控。

林家昂

年齡：19歲
職業：大學生，在便利商店打工
身高：179CM
體重：62KG
種族：人類→半吸血鬼
宅男，打扮很隨意，
對於被精神虐待有著無法自拔的快感。

羅嘉綺

年齡：18歲
職業：大學生、妖怪獵人
身高：162CM
體重：49KG
種族：人類

性格開朗，天然呆的巨乳笨蛋，
即使18歲了依然相信有聖誕老公公的存在。
對於自己第二集才出現有點小怨言。

瑞光夜市，這裡是屏東唯二的夜市之一，不只有各式美食小吃，還有多種經典遊戲，例如彈珠臺、戳戳樂、釣魚機，並且擺上各式各樣的獎品吸引人的目光。

至於為什麼這麼突然地介紹夜市，主要原因是因為現在我人在這裡，像個瘋子一樣騎了將近半小時的機車，跑到這個我在大學入學時被系上學長拖來過一次、一點都不適合我這個御宅族的地方。

至於會來這裡的原因——

「唔……」羅嘉綺聚精會神地盯著超大絨毛泰迪熊布偶，手裡拿著圈圈，雙眼都快成了鬥雞眼，眉毛也皺成一團。

原因就是因為這個笨蛋。

她搬到我家隔壁已經有十來天，自從她搬來後，我每天都過著不得安寧的日子。抽檢、非法入侵，還有各式各樣的偷窺行為和蹭飯，最後甚至用房間太亂沒辦法睡覺為由，把整組棉被和枕頭搬到我的房間門口，企圖在那裡搭帳篷睡覺。

看她被蚊子咬得手腳全是腫包，再加上不想被人誤會，我只好請她進屋，沒想到她就這樣大大方方、一點警戒心都沒有地進來了，還直接霸占我的床。

更奇妙的是，我居然完全習慣了這樣的生活！

也好險我的室友修南不在，讀設計系的他只有在某些特殊情況下，或放長假不想回家時才會回來，否則我根本不知道該怎麼解釋。

現在我們基本上和同住一個屋簷下差不多，她多數時間都在我的房裡度過，還不知道用了什麼手段，居然進了我的大學就讀，和我一樣是個大學生。

哪招，我的平靜生活一整個亂七八糟了啦！

接著，今天這個笨蛋突然說她要出門一趟，有同學找她出去玩，結果她消失一個小時後，又灰頭土臉地哭著跑回來說不知道瑞光夜市在哪，不得已下我只好帶她出門。

好不容易抵達瑞光夜市，她的同學竟然都回去了！看她一副快哭出來的樣子，我也不好意思立刻回去，只能陪她逛夜市。

而這個笨蛋，逛到一半就被這家套圈圈的絨毛泰迪熊獎品吸引，在這裡逗留了將近一小時。

「可、可惡啊啊！」羅嘉綺又丟完了手中的圈圈，一臉不甘心地叫道。她迅速地掏出小狗錢包，取出金光閃閃的五十塊硬幣換了一串新的圈圈。

「喂，妳別玩這麼凶吧？妳已經花了八、九百塊了耶！」

這筆錢已經可以買到相同的布偶了。

但是因為老闆在場，所以我沒有說出口。

不過，如果說了被瞪的話好像也不錯？喔嘿嘿嘿……

可惜這陣愉悅沒持續多久，一想到往後的生活我就忍不住嘆了口氣，扔出

我只花五十塊就一直玩到現在的最後兩個圈圈——

兩個圈圈以漂亮的拋物線各套進一個瓶口，相當有規律地轉了幾圈後，一起套了進去。

「啊，中了。」

Chapter 1.

抖M也有S的時候

我抱著兔兒和阿崽的大布偶，來到德古拉古堡位於臺灣的入口。

「……我很好奇，妳為什麼要跟過來？」我看向站在身邊的羅嘉綺。

「哼哼，當然是在盡我身為妖怪獵人的職責，認真地監視你們，以免你們趁我不注意做壞事！」羅嘉綺挺著胸，一臉得意地說。

我不認為亞麗莎想做壞事時羅嘉綺有阻止的能力。

「那為什麼妳要帶著昨天的泰迪熊來？」我看向她背上那個有她一半高的泰迪熊，泰迪熊的手腳還隨著羅嘉綺的動作左右搖擺。

以一個十八歲的少女來說，這樣的行為實在惹人注目，而且有點好笑——雖然很可愛。

「因為很可愛啊！難道不能帶它出門嗎？」羅嘉綺歪著頭，眨著大大的眼睛：「喜歡可愛的東西，想隨身攜帶不行嗎？」

「也不是不行，只是……」我的嘴角微微抽動著，最後只能嘆口氣。

「而且而且，我想讓亞麗莎看看我的寶貝！」羅嘉綺得意地勾起嘴角。

「我是不覺得她的眼裡容得下兔兒和阿崽以外的東西啦……」

她哼了一聲。

「才不是那種問題呢！」

……蛤？這個笨蛋在說什麼？

我不理她，逕自按了門鈴，然後等待。

三分鐘過去，還是沒有人出來應門，於是我又按了一次。

「咿呀——」門緩緩打開了，但不是有人從內部打開它，而是它自動打開。

透過門縫，我看不見內部有任何光源，這很詭異，因為羅馬尼亞現在是清晨，所以絕對不會不開燈。

……這是怎麼回事？是在重現哪部恐怖片的場景嗎？

雖然知道門後沒有幽靈，只有一隻吸血鬼和她的魔導人偶，但是這樣莫名的開門方式，還是讓我感到些許緊張。我的嘴角忍不住上揚，M神經受到觸動的快感永遠這麼難以忍耐。

「怎麼不進去？」羅嘉綺不識相地直接推開門，根本是在潑我冷水——

WTF！

這句並非針對羅嘉綺，而是眼前的景象。

敞開的門後不是我所熟悉的寬敞空間、豪華裝潢，取而代之的是一片水藍透明的冰世界。一股寒氣直竄而出，刺骨的寒風讓穿著短袖的我忍不住打了個冷顫。

「喔喔喔——好漂亮！」羅嘉綺雙眼一亮，大聲讚嘆：「這裡好漂亮，就像是冰河的世界一樣！」

有時候真的很羨慕她的天然呆。

或許是因為理解她的成長背景，我們有些許地方相似的緣故，我並不怎麼討厭這樣的羅嘉綺，還感到有些親切。

這樣的我也是笨蛋吧？

「嗯？」或許是注意到我的視線，羅嘉綺轉頭看我。

「沒事。」我連忙別開臉，拿出手機。「這裡到底是怎麼回事啊……天啊，真的有點冷。」

就在我準備聯絡亞麗莎時，眼前的景象突然開始扭曲，水藍色和白色如同漩渦般逐漸捲在一起，然後被一股力量抽走，最終變回我所熟悉的裝潢。

「幻術解除了啊？」羅嘉綺嘆了口氣，「很可惜耶，剛剛明明很漂亮的。」

亞麗莎本人蜷在沙發上，沙發的扶手擋住她下半張臉，只露出一對如紅寶石般的雙眼。那對漂亮的眼睛緊緊地盯著我們，就像是正在觀察獵物的狼。

……她怎麼還是這樣？

原本以為已經過了這麼多天我們倆的關係會改善，但是很明顯，完全沒有。雖然那天的烤肉會讓她笑了出來，但她到現在還是沒有正式地跟我講過任何一句話，依然持續用奇怪的方式進行溝通。

我沒有打招呼，而是故意把黑白兔抱在胸前走進客廳。

亞麗莎的雙眼瞬間亮了起來，接著又像是想到什麼似地露出警戒的眼神。

我上下搖晃黑白兔玩偶，她的腦袋跟著微幅上下晃動；我接著左右搖擺黑白兔玩偶，她的雙眼也跟著左右移動。

她的反應也太有趣了吧？

我再也忍不住地笑了出聲，亞麗莎立刻意識到被我耍了，發出嗚嗚嗚的怪聲，不甘地瞪著我。

她迅速掏出手機，手指快速地動作，接著等了大概兩秒，我的手機發出訊息提示音效。

我掏出手機，點開訊息。

兔兒與阿崑：拿來。

附贈一個躲在牆後盯著人看的黑白兔貼圖。

我看了她一眼，但也沒有開口，取而代之的是動起手指。

ＭＭ一族星人：什麼東西拿去？

兩秒後，換亞麗莎的手機發出聲音。

她狠狠瞪我一眼，微微張了開嘴，但又隨即緊閉，盯著手機動起手指——

兔兒與阿嵬：明知故問。

兔兒與阿嵬：黑白兔！

MM一族星人：自己過來拿。

附贈一個挖鼻孔的貼圖。

「吼嚕嚕……」亞麗莎那對血紅的雙眼充滿殺氣，凶狠地瞪著我，還不斷從喉嚨發出低吼聲。

這傢伙根本是狼人吧？不過這樣子感覺也不錯，總覺得只要再稍微挑釁的話就會……嘿嘿嘿嘿！

兔兒與阿嵬：拿來！

羅嘉綺從頭到尾都站在一旁哼歌，感覺心情不錯，我轉頭叫了一聲：「羅嘉綺。」

她轉頭看過來，眨了眨那對水汪汪的眼睛。

「妳喜歡黑白兔嗎？」我問。

「黑白兔？喜歡啊！」她大力點頭，看了看我手中的布偶，又看了看我，眼底閃出一絲光芒：「你要給我嗎？可是你不是說這個已經要給別人了？」

「嗯……是這樣沒錯，可是原本要給的那個人似乎不太想要。既然她不想要，那給妳也可以，畢竟我又不喜歡黑白兔——」我說著一邊偷瞄亞麗莎，觀察她的反應。

果不其然，亞麗莎雙眼逐漸瞪大，臉色越來越難看，緊緊咬住下唇，一副陷入兩難的模樣，總覺得再刺激下去她就會哭出來。

……既然這樣，乖乖向我開口不就好了？

同時我注意到，一旁的陰影處有一角白色的裙襬。

是菈菈，她在偷看。

如果真的覺得我這樣做不行，以她護主心切的個性，早就會出來阻止了吧，何況這個女僕也最愛捉弄她的主人……那我就順著她的意，再稍微刺激一下好了。

「叮咚！」手機再次傳來了聲音。

兔兒與阿崽：我要！

兔兒與阿崽：我沒有說我不要！

兔兒與阿崽：給我！

亞麗莎坐起身，手拿手機，一臉不悅地盯著我看。

「好吧，看樣子她真的不想要，我們今天白跑一趟了。」我長嘆一口氣，刻意說道：「不好意思打擾了。羅嘉綺，我們回去吧……嗯？」

手機又傳來了聲響，接著是一連串的叮咚聲，全部的訊息都是「給我」兩個字。

亞麗莎猛按手機，兩手並用，一連串訊息不斷灌進我的手機裡——

她也太可怕了吧！

傳到後來她大概也累了，叮咚聲總算停了下來，她咬著下唇，一副又氣又惱、快哭出來的模樣，雙眼直直盯著我。

有沒有這麼可憐……而且明明這麼想要，但是就這麼堅持不跟我說話是哪招？

「我們走了，再見。」我轉身邁出步伐。

如果走出大門前，這五步的距離她都沒開口，那就代表她很有可能再也不會跟我說話了。

一想到這裡，我不禁有些難過——

一步。

「你給我站住！」

叫聲突然從身後傳來，我回頭還來不及反應，只見一道黑影撲來，隨即一陣天旋地轉，腦袋狠狠撞擊地面。

雖然我還沒完全搞清楚是怎麼回事，但我下意識地知道一件事情——

絕對不能放開手中的東西！

「快點放手，林家昂！」等到我總算能看清楚時，發現亞麗莎一點矜持都沒有地跨坐在我腰上，一手拉著兔兒的腳，一手抓著阿崽的腿，凶狠地對我叫道：「要不然它們的腳會斷掉！」

「妳別拉不就好了！」

「不拉的話你不會給我！」

「不給妳妳才會跟我講話！」我喊道。

亞麗莎瞬間停下動作，一臉呆愣地看著我。

「……就是這樣，妳才會跟我講話。」

就這樣盯著我數秒，她呆愣的表情漸漸有了變化，咬起下唇，緊緊蹙眉，一副欲言又止的模樣。

緊接而來的是一陣沉默，平時聒噪的羅嘉綺也緊緊揪著衣領，安靜在一旁看著。

「這是為了你好。」亞麗莎首先打破沉默。「你吸血鬼化的速度真的太快了……再這樣子下去，不到半年，你就再也沒有辦法變回人類……」

「我不是說過無所謂了嗎？」我忍不住說出心中的想法：「妳有什麼好擔

心的？」

「……你真的什麼都不懂。」亞麗莎可愛的臉上出現一抹不相襯的苦笑，光是看了一眼，就讓我覺得心痛和煩躁。

亞麗莎不和我說話這件事情，對我是相當沉重而且M不起來的打擊，同時我也明白，在不知不覺間，亞麗莎對我而言已經不只是單純的「良好的M來源」。

是重要的人。

雖然沒有見過幾次面，沒有認識很久的時間，但是她對我來說已經是不可或缺的存在。

……難道，這就是**喜歡**嗎？

老實說我並不清楚，我只知道，這樣並不好受。

「就算不懂又怎樣……我只是不喜歡妳不跟我說話。」我盯著她那對水汪汪的大眼。「而且，不跟我說話也改變不了什麼，不是嗎？」

我放開手，兔兒和阿崽就這麼無力地垂在地上，但是亞麗莎沒有馬上抽走。

「李星羅也說了，吸血鬼化加快的原因是那次吸收的魔力……並不是因為妳和我有所接觸。」

「你是為了要救我，才會……」

「沒辦法，誰叫我是濫好人。」我打斷她：「既然是我自願跳進來蹚渾水，那就是我自己該負責，妳沒有必要替我承擔，也沒有必要替我後悔……因為身為當事人的我，一點都不後悔。」

「你……」

「既然這個變態不後悔，那主人也沒什麼好擔心的吧？」菈菈的聲音插了進來。

見她笑著走來，我有種莫名的期待，希望她等等能毒舌一點。

「菈菈，這不關妳的事。」亞麗莎說著，視線依舊停在我身上：「我的目的很簡單，不只要你遠離我，還要你**遠離這個世界**，能離多遠就多遠。不管怎樣，你總有一天會離開這裡，我也會從你的面前消失，如果你陷得太深……」

她說到這裡便打住，緊閉的雙唇似乎不想把接下來的說出口，但是我清楚她想表達些什麼——

陷得太深，等分離的那天到來，只會讓雙方更加痛苦。

「總之，現在開始最好離我遠一點。」

就在亞麗莎還想再說些什麼時，菈菈又插話進來，但是用我聽不懂的語言。

亞麗莎的雙眼瞬間瞪大，立刻回頭，用同樣的語言回應，語氣中帶著明顯的悲傷。

她們顯然是故意不想讓我們兩個人類知道她們對話的內容，但那反覆出現的三個音節我還是聽得出來——

米可雅。

我相信，這是一切的關鍵。

「……過去已經過去了，主人。」兩人的對話在將近五分鐘後，菈菈把語言轉換成中文，正色道：「而且我也說過了，您身上並沒有任何詛咒的痕跡，有的只有您給自己的心結……我親愛的主人。」

亞麗莎垂著頭，兩眼盯著手裡的布偶，沒有回應。

「家昂大人。」菈菈突然點名。「主人有主人的打算，多數時候我會選擇尊重，但是這次真的沒有辦法贊成。」

「呃……呃？」我完全不明白她的意思。

菈菈嘆了口氣，大力搖頭。

「希望，我有能叫家昂大人主人的那一天。」她雙手抱胸，用「再不懂的話就去死」的眼神睨著我。

往常菈菈開這種玩笑，都會以我被痛揍一頓收尾，我忍不住嚥了口口水，看向亞麗莎，但是她只是沉著臉，依然不發一語。

「我說啊，亞麗莎，我東西都給妳了，妳可以不要再坐在我身上嗎？」我故意說道，然後相當刻意地別開視線：「內褲都走光了，而且這樣的姿勢很容易讓人想歪，還有很重耶！」

「喔……」亞麗莎了無生氣地應了聲，緩緩站起，然後轉身離開。轉身的同時，兔兒的腦袋狠狠甩了我一巴掌，把我的眼鏡都打歪了，不知道是故意還是無意的。

她緩步走到沙發前，一屁股坐上去，還緊緊抱著拿到手的黑白兔。

我坐起身，看向失魂落魄的她，然後又看向菈菈。

「家昂大人，有些事情別問我，我不會說。」菈菈看穿我的企圖，搶先開口：「我記得之前好像也有這樣的情形吧？你怎麼會記不得？難道家昂大人是水母腦？」

嗚嘿！

突然的毒舌攻擊讓我渾身一顫，身上有股被電流通過的酥麻感。

「不過情況不一樣了。」菈菈那對碧眼盯著我：「如果有機會，我會告訴你我所知道的。」

……情況不一樣？是指什麼？

「欸、欸，家昂，到底怎麼回事？」羅嘉綺蹲到我身邊，扯了扯我的袖子。這傢伙如果不說話真的會讓人忘記她的存在……不過，現在真的不是找我搭話的時間。

「什麼怎麼回事？」

「有妖氣。」

「呃……妳是說某個原創漫畫網站？」

「不是啦，有股不尋常的妖氣！」羅嘉綺站起身，警戒地看向四周，還摸出兩張黃紙。

「家昂大人。」菈菈的臉上也出現一絲警戒：「難道你沒有隨手關門的習慣嗎？」

「蛤？」我順著菈菈的視線看過去——德古拉古堡的大門正敞開著。「等等，最後進來的人不是我，是羅嘉綺好嗎！」

「……家昂，做錯事要勇於認錯，別賴給別人喔！」羅嘉綺別開臉，哈哈哈地乾笑起來。

這傢伙！

我連忙起身看向大門，門外的景色開始變化，就像是快要壞掉的電視機，畫面由清晰而模糊，由模糊而清晰，接著頻率越來越快——

「菈菈，這是怎麼回事？」

菈菈沒有回答我，她召喚出魔力劍，回頭看向亞麗莎：「主人，這不是伊莉莎白的力量……他們沒有實力扭曲德古拉家族的祕法。」

「大概是華生吧。」亞麗莎長嘆一口氣，一副無精打采的模樣：「早就說了，不管做什麼都沒意義，因為該來的總是會來。」

「很強大的妖氣……」羅嘉綺說著朝我靠過來：「家昂，不能大意喔！我、我會盡全力保護你的！」

現在的她看起來十分可靠，和一開始相遇時有著些許不同，似乎比以前更有自信了。

這時，大門外的景色從角落處出現白色裂痕，向中心點蔓延，接著像玻璃般碎散一地──一道黑色氣息猛地衝了進來，仔細一看是一群黑色蝙蝠，發出詭異的尖叫，拍動翅膀朝我們衝來。

「哇、哇啊！好噁心！」羅嘉綺驚恐地叫道，方才的可靠感瞬間蕩然無存。

她毫不猶豫地扔出手中的符紙，轉眼間化成火球疾射而出，打中其中一隻蝙蝠。

火勢迅速在蝙蝠群中蔓延開來，一隻隻焦黑的蝙蝠落到地上，散發出難聞的氣味，然而火星一落地就消失了，沒有燒到屋內任何一樣物品。

羅嘉綺俐落地化解第一波攻勢，但這還沒結束，第二波蝙蝠緊接而來。

「你們這些傢伙……」菈菈低吼，迅速揮動手中的魔力劍，身為魔導具的她額頭居然暴出青筋。

劍尖在半空中留下軌跡，白色方格浮現，快速向前飛出，飛來的蝙蝠碰到方格的瞬間立刻被切開，同時燃起藍色火焰，燒得連灰都不剩。

「你們難道不知道這麼多屍體打掃起來很麻煩嗎！」

妳是在氣這一點啊！不過這些蝙蝠到底哪來的？

面對混亂的情況，亞麗莎動也不動地盯著大門，血紅的魔法陣自腳下向外擴張，將第三波蝙蝠擋在門外。

一波波蝙蝠不斷聚集，最後全數貼在無形的牆壁上，形成一道濃稠的流動黑幕，一下又一下撞擊著亞麗莎的魔法防護結界，試圖侵入德古拉古堡。

「我沒有邀請你們進屋，伊莉莎白。」她緩緩開口，語氣中帶著威嚴和無比的穩重。

同時我注意到，雖然她說的不是中文，我卻能明白她的意思。

我什麼時候吃了翻譯蒟蒻？

「沒有關門就代表歡迎任何人進來，當了兩百年的吸血鬼，難道這點常識妳還不明白嗎，德古拉？」黑幕後方傳來一道略微沙啞的女性聲音，嘲諷地說：「最強的血統也不過如此，連最基礎的規則都不懂啊！」

「沒搞清楚規則就亂來的人是妳吧？」亞麗莎冷笑了幾聲：「這條規則只適用於本人進入，可沒有准許用魔法搞破壞啊……華生，你說是吧？」

她蹺起二郎腿，擺出一副不可一世的模樣——但我知道她是在演戲。

「德古拉說得沒錯。」一道低沉的男音回答：「伊莉莎白，請撤回法術。」

「嘖。」隨著這聲咋舌，門外的蝙蝠離開魔法陣，向四面八方散去。

黑幕一散，魔法陣也隨之消失。大門口站著一名約四、五十歲的中年婦人，身高大概一百六，紅色的長捲髮披在肩上，圓臉塗著大紅色的口紅，身上則是穿著時髦的服飾。

看來她就是伊莉莎白了。

伊莉莎白身後站著一群身穿黑西裝的男男女女，面露殺氣，一副就是來踢館的模樣。

「真是可憐啊，居然衰弱到要請人類當保鑣，難道德古拉家都沒人了嗎？」

伊莉莎白咧開她鮮豔的嘴唇，踏進德古拉古堡的客廳，囂張道：「噢對，我差點忘了……妳是滅族者，是德古拉家的最後一人嘛！」

她得意地露出獠牙。

「妳這傢伙——」

「菈菈！」亞麗莎喝道，制止了要衝出去的菈菈。

菈菈不得已停了下來，但身上依然散發出濃烈殺意，似乎是真心想幹掉眼前這個不識相的歐巴桑吸血鬼。

「就算我僱用了兩個人類當保鑣，也勝過帶了一大群手下不敢獨自前來的軟腳蝦。」亞麗莎雙眼一瞇，她向伊莉莎白露出獠牙，諷刺意味濃厚地開口：「不管過了幾年妳都一樣的沒用啊，珍妮．伊莉莎白，妳這次可不要又撐不到十秒就倒在地上尿褲子！」

「妳！」伊莉莎白被戳中痛處，惡狠狠地瞪大了雙眼。

「華生，你替他們破壞我家門口的魔法，應該不是想讓他們進來這裡鬼吼鬼叫吧？」亞麗莎完全不理她，逕自看向一旁——

一個筆挺西裝、長相俊帥的高眺男人不知何時站到了窗邊，一手插著口袋、一手推了推鼻梁上的銀框眼鏡。

「當然不是，德古拉，吸血鬼之王，妳應該比我更清楚我讓他們進來的理由才對。」華生面無表情地看著亞麗莎，又看向伊莉莎白：「今年依然是伊莉莎白家族得到向王挑戰的門票——五十年一輪的吸血鬼冠冕爭奪戰開始了。」

抖M的半吸血鬼

Masochistic Dhampir

Chapter 2.

雖然即將開始，但是……

「所謂的吸血鬼冠冕，指的是代表吸血鬼之王的權力象徵。」菈菈一邊替我面前的瓷杯斟滿熱檸檬茶，一邊回答我的問題。「持有吸血鬼冠冕的家族擁有對歐洲全體吸血鬼下令的特權，吸血鬼們必須服從；簡單地說，就是能指揮所有吸血鬼的力量。」

「呃……這樣的命令能到什麼地步？」我問。

「犧牲自己的性命也絲毫不能猶豫的程度。」菈菈回答後又接著說：「至於這個冠冕，自從第一代德古拉伯爵搶到後就一直被德古拉家族持有，至少有七、八百年的時間了吧。」

「七、八百年？」

「這代表德古拉家打贏了至少十四場以上的爭奪戰，這也是為什麼德古拉一族會被稱呼為『最強吸血鬼』的原因，因為這是有史以來持有最久的紀錄。」

「那個爭奪戰，一定非參加不可嗎？」我忍不住蹙眉：「不管怎麼想，對方開的比賽條件對我們來說真的不怎麼公平。」

「並不是所有吸血鬼家族都要參加，只有王強制參與，要不然怎樣讓出吸血鬼冠冕？」菈菈一副我問了蠢問題的模樣，長嘆一口氣：「也好險比賽是淘汰制度，對吸血鬼冠冕有意思的家族要先彼此廝殺，最後只有一個名額能和德古拉家族對戰。至於比賽的條件，如果是五十年前的話主人還有一打三的實力，但是現在……」

半小時前。

「為了防止我們來所以搞了這麼多的小手段，德古拉，真正怕的人是妳吧？」伊莉莎白慘白的臉硬是擠出幾聲冷笑：「我看妳也別進行什麼比賽了，既然這麼怕，不如就直接把冠冕交出來，我說不定可以饒妳一命！」

「嗯？妳是在說笑吧，包著成人紙尿布的伊莉莎白。」亞麗莎盯著伊莉莎白，信心十足地咧開嘴：「還有啊，前一任、前前任和前前前任的伊莉莎白當家也對我說過相同的話，但是他們人現・在・在・哪・裡・呢？墳頭的草長得大概比妳還高了吧，珍妮・伊莉莎白。」

「妳這傢伙！」珍妮・伊莉莎白暴吼的同時腳下出現白色魔法陣，飽滿的額頭上出現無數青筋，指著亞麗莎大叫：「妳居然殺了我的父親、哥哥和弟弟，今年的爭奪戰，我一定要替他們報仇！」

「上次和上上次也有類似的言論呢……妳可以嗎？我記得妳的位階是中位吸血鬼吧？妳的父親和兄弟，三個上位吸血鬼都做不到的事，妳做得到嗎？」亞麗莎露出獠牙。「如果妳再死掉，伊莉莎白家族就會成為歷史名詞喔，妳可要想清楚！」

雖然她說這些話氣勢十足，感覺游刃有餘，但我知道她只是在虛張聲勢。

「妳……反正妳只有現在才能囂張！」伊莉莎白硬是擠出幾聲乾啞的笑聲。

「依照規則，由挑戰者決定競賽內容，這是吸血鬼之王對你們唯一的仁慈。」亞麗莎說著蹺起二郎腿。「反正也是和先前一樣對吧？一對三還是一對幾都隨便你們，只是啊，你們可要撐住，不要不小心就被我殺掉了。」

「哼、哼哼……」伊莉莎白突然看了我一眼，陰險地笑了出來：「我們今年玩點不一樣的好了。之前都是一對多，弄得好像我們欺負妳一樣，這次就公平一點，進行三對三的單人賽吧！比賽方式則和先前一樣，可以用任何武器和魔法，死亡或是投降的一方算輸。」

「喂，妳這個規則……」我想抗議，卻立刻被菈菈摀住嘴。

「這是當家和當家間的對話，隨便插嘴的話會被處死！」菈菈沉著臉道。

「對了，今年還有一條規則……」伊莉莎白冷笑了幾聲：「同一個人不得重複參賽。」

「等一下，我這裡沒有足夠的人手！」亞麗莎提出抗議。

「沒有足夠的人手？德古拉，妳什麼時候開始會說這種拙劣的謊話了？」

伊莉莎棕色的雙瞳停到我身上：「這裡不就剛好三個人嗎？其中一個身上還有很重的德古拉臭味……噢，對不起，是德古拉的氣味，只是和臭水溝的味道好像，我不小心認錯了。」

唔？我身上的味道像臭水溝？還是在說我聞起來像臭水溝？

「嗚嘿……嘿嘿嘿嘿……」我的身體酥麻地一顫，嘴角忍不住上揚。

原來是在說我是臭水溝……嘿嘿嘿嘿！

「嗚噗！」後腦勺突然被重擊，我回頭看向凶手，菈菈正瞪著我。

「可以不要動不動就笑得這麼噁心嗎？」

「對不起……」

「他們兩個……絕對不行！」亞麗莎從沙發上站起來，看著華生道：「華生，吸血鬼的事情不該牽扯人類進來。」

雖然感覺得出她正試著壓抑，但語氣還是有些激動。

「脆弱的人類怎麼能和吸血鬼比？這樣的比賽有失公平——」

伊莉莎白忽然揚手撒了一疊紙片，打斷了亞麗莎接下來的話。

「欸？這是什麼？」羅嘉綺從半空中抓住其中一張，看了看上面的內容，拿到我面前：「家昂，這是你的照片耶！」

沒錯，這是我的照片，而且還是我屠殺蟾蜍的照片，也是羅嘉綺上次揭穿我身分的相片——

「李星羅啊啊啊！」我忍不住大喊出聲。

他到底把這些相片賣給多少人？利用我的相片賺了多少錢？

亞麗莎臉色瞬間變得慘白，她瞪向伊莉莎白，一臉不甘心地露出獠牙。

「就算他是半吸血鬼，他的力量也還不完全，現在不是他轉化的時間，只是個普通人類。」

「從來沒有任何一條規定禁止人類參與吸血鬼間的事情，吸血鬼之王。」

華生緩緩道：「而且不只這位，那邊那位女性也不是普通人類吧？」

銳利的眼神掃向羅嘉綺，羅嘉綺整個人縮到我身後，還不斷糾著我的衣角。

「一個是半吸血鬼，一個是來自東方的妖怪獵人。」華生給予亞麗莎的反駁致命一擊：「德古拉家並非一點勝算都沒有。」

「嘖！」亞麗莎沒多說什麼，小小的手緊緊握著拳，不甘心全寫在臉上。

「……但如果伊莉莎白家族全派出上位吸血鬼，的確會導致比賽不公平。」華生說著，看向伊莉莎白：「因此須設定特別規則，伊莉莎白家族派出的三位成員限定為下位吸血鬼、中位吸血鬼和上位吸血鬼各一名。」

「這有什麼問題？」伊莉莎白得意道，咧嘴露出又尖又長的獠牙：「一切都是為了公平競爭，對吧？」

「很好。那請雙方好好休息，擬訂出場順序及戰略。」華生完全不等亞麗莎開口，立刻說道：「我納德．華生以華生家族之名宣告，吸血鬼冠冕爭奪戰，將於這個沒有月亮的夜晚正式展開。」

時間：現在。

「要是那個什麼冠冕被伊莉莎白家拿走，情況會很糟糕嗎？」羅嘉綺一邊提問，一邊小口小口地快速啃著餅乾。

妳是倉鼠嗎？

「唉。」菈菈長嘆了口氣：「真的覺得當笨蛋是件幸福的事。」

深有同感。

「如同之前說的，吸血鬼冠冕能讓持有者擁有絕對的權力，伊莉莎白拿到的話，大概會讓德古拉徹底滅絕吧？中國不是有句話嗎，**君要臣死，臣不得不死**，只要隨便派個必死無疑的任務，那主人……德古拉家就完蛋了。」菈菈雙手抱胸，停頓了數秒接著說：「而且糟糕的還不只這點……」

「嗯……感覺吼像很深奧。」羅嘉綺一知半解地點點頭，說話的聲音含糊不清——她的臉頰鼓鼓的，裡面塞了不少餅乾，但她還是拿了新的餅乾咬了起來。「這個餅乾真的好好粗。」

這傢伙根本是倉鼠投胎吧！

「謝謝誇獎，這是我自己做的，後面還在烤，請盡量吃吧。」菈菈嘴角微揚。

拜託，妳也吐槽一下她的吃相！

「還有什麼糟糕的事情嗎？」看菈菈沉浸在被稱讚的愉悅中忘了正事，我忍不住問。

「家昂大人，你知道歐洲曾經有段時間，被人類的歷史學家稱呼為黑暗時代嗎？」

「呃……」我微微歪頭：「妳是在說《世紀帝國》嗎？」

「唉。」菈菈搖了搖頭。

「等一下，我又不是讀歷史的！」我試著反駁，卻換來菈菈更不屑的眼神。

「喔、喔喔！」

這個眼神好棒！

「家昂大人，別隨隨便便就笑得這麼噁心好嗎？讓人看了就想把你趕出去。」

「嗚、嗚嘿……這、這又不是我願意的……嘿嘿……」酥麻感不斷在全身上下流竄，讓我連話都沒辦法好好說。

「人類呢，總是認為『這不是我所學的科目所以不必知道』，明明活在這個世界，卻不知道這個世界的知識。」菈菈盯著我，語帶斥責：「如果家昂大人坦承自己不知道就算了，但是你的答案真讓人失望。『不讀那個科系』絕對不是藉口，難道不是餐飲系的不能烹飪？不讀商業的就不能從事買賣？乾脆改天說『我不是讀吃飯系的所以不能吃飯』好了。」

「唔……」

「那些歷史上的名人，很多人都不是天才，只是保有好奇心而已。」菈菈說著嘆了口氣：「所以人類的進步才會這麼緩慢，因為撐起世界的永遠只有幾個人，現代的人類又老是認為科技的進步就是真正的進步。」

「是……」作為人類的代表，我完全沒辦法反駁。

等等，為什麼我會變成人類代表？

「黑暗時代，用人類歷史學家的另一個說法就是指中世紀前期。」菈菈開始說明：「家昂大人，你還是回去查資料吧，我懶得多做解釋。總之撇開表面世界，黑暗時代對於妖怪而言，是段野蠻的歷史……那個時期是妖怪襲擊人類最猖獗的時代。」

「……欸？」

「當時的妖怪，殘暴的程度和你所知的完全不同，真希望能讓家昂大人見識一下呢。」菈菈說著露出一個燦爛的笑容。

總覺得這句話有種叫我去死的意味。

「有一種說法是，因為妖怪橫行，所以那個年代才會被稱為黑暗時代。那個時代是妖怪最活躍的時期，族群數量和人類的總數差不多，但也因為數量過多，所以做了和人類一樣的蠢事——**戰爭**。」她發出鄙視的笑聲。「只要數量一多，就會想幹蠢事呢，不管是人類還是妖怪。」

「戰爭？」

我所知道的戰爭，背後總是包含著權力的奪取、利益的爭奪，雖然歷史上有許多戰爭打著大義之旗，但是總是改變不了人和人彼此殺戮的事實——很難想像在這點上妖怪和人類沒有什麼兩樣。

越和妖怪相處，我越覺得除了流的血和基因有所不同外，人類和妖怪真的沒有什麼太大的差別。

「妖怪在那個時候除了各種族彼此的殺戮和種族內部的動亂外，還對人類進行大規模的屠殺——吸血鬼們當然也參與其中，畢竟人血是他們主要的力量來源。」菈菈說著，啜了口檸檬紅茶。「當時的吸血鬼可說是最接近歐洲之王的種族，只是因為和狼人僵持太久、消耗太多，加上時代的轉變才沒有稱霸歐洲。那時候光是吸血鬼三個字，就能讓人嚇得躲在被窩裡不敢出門。」

和現在的模樣差真多，現代的吸血鬼只能用家裡蹲來形容，而且講給別人聽大概只會被嘲笑。

「不過，這段歷史和冠冕有什麼關係？」

「黑暗時代，吸血鬼冠冕的持有者就是伊莉莎白家，當時伊莉莎白家族的當家就是現在伊莉莎白當家的曾曾曾……不知道幾個曾的曾祖父。」菈菈雖然在訴說歷史，但是語氣卻隨便到我想翻白眼的地步。「他們從一個已經自吸血鬼歷史上消失許久的家族手中奪走冠冕，一直到第一代德古拉伯爵把冠冕奪走為止。」

「所以他們才會對冠冕這麼執著？」

「不只如此。」她發出令人發寒的冷笑。「你知道當年的比賽，德古拉伯爵開的條件是什麼嗎？是一對一啊！」

「一對一？」我有些困惑，為何要特別拿這樣的條件出來說？

「沒錯，一對一，只是和你認定的一對一不同。」菈菈咧嘴一笑：「德古拉伯爵一人，對上伊莉莎白家族一族，一個人對一族，你不覺得這樣子的行為才叫魄力嗎？」

一、一個人對一族，然後還把冠冕搶了過來？初代德古拉伯爵到底是什麼樣的……怪物？

「伊莉莎白家族當時共有五百多人，是最大的吸血鬼家族，在那次的爭奪戰後，他們只剩下七人，全都是伊莉莎白家的直系血親。」她語氣裡帶著十足的敬意。「是當時的王向德古拉伯爵下跪，犧牲自己的性命換來的血脈。」

「所以……」我大概明白伊莉莎白家族這麼執著皇冠的理由了。

「不只是奪回王位，也是向德古拉報滅族之仇。伊莉莎白家族花了五百多年，才達到現在兩百多人的規模，但始終不及全盛時期。兩百年前的吸血鬼冠冕爭奪戰，他們試圖重新奪回冠冕，下場就是連三任的當家都被主人殺掉。

「德古拉家族是和平派系，才讓吸血鬼們和歐洲大陸得到七、八百年的平靜，如果是伊莉莎白家的好戰派系奪得冠冕，歐洲大陸很可能會再受到攻擊。

雖然現今歐洲大陸的吸血鬼不到一萬人，但是吸血鬼的力量優於人類太多，也潛伏在人類中太久，一旦戰爭開始，過慣和平日子的人類不會有反擊機會。」

「喂喂，為什麼只是個冠冕能扯出這麼多問題啊？甚至還有世界大戰的前兆？」我的嘴角微微抽動。

「事情就是這麼嚴重。」菈菈正色道：「所以德古拉家族才會守著這個冠冕。」

「那為什麼德古拉伯爵要去搶這種東西？他不是和平派的嗎？」

「這個嘛……」她臉上瞬間出現一絲尷尬，偷偷看了亞麗莎一眼：「第一代德古拉伯爵認為既然要做就要做最大的，他不想被人命令，所以就跑去搶了冠冕回來。」

「……就因為這個理由讓後代這麼辛苦？」

「就因為這個理由。」她聳了聳肩。

「那德古拉伯爵人呢？他這麼強，應該不是……」

應該不是在滅族的時候被幹掉了吧？

但這個話題實在太敏感，我說不出口。

「當然不是。」菈菈搖頭道：「大概五百年前吧，他嫌日子無聊所以決定出去旅行，就再也沒回來了。嚴格來說，德古拉家現今有三位成員，只是失蹤太久的會被判定為死亡，因此正式存在的成員只有一位。」

……三位？菈菈算錯了嗎？

「總之，晚上的比賽真的不能輸啊。」我長嘆一口氣。

下一秒，我的臉頰被某種物體砸中，那東西還發出奇怪的叫聲，是個布偶。

「我沒有打算讓你參加……應該說你們。」亞麗莎蹺著二郎腿，一手拿著冒著熱氣的水藍黑白兔瓷杯，冷著臉說：「乳牛怪可能還有戰鬥能力，但是你能做什麼？我不需要啦啦隊。」

我無法答話。

「明白的話就別想參加了，趕快放棄這個念頭。你剛剛也聽到菈菈說的了，伊莉莎白對我的恨意遠遠超出你所能理解的。」那對血紅的雙瞳直直盯著我：「所以，不准參加，別多管閒事。」

「我拒絕。」我說：「這不只是為了妳，也是為了歐洲……嘖嘖，我怎麼覺得我多管閒事的範圍越來越大了？我明明不是住海邊。」

亞麗莎咬住下唇，豎起眉，血紅色的眼眸露出凶光。

……連血魄之瞳都沒辦法用了嗎？如果她的魔力還足夠，大概會用那招威脅我吧？

「林家昂，你怎麼老是這樣子……為什麼這麼愛管我的閒事啊！」亞麗莎露出複雜的神情。「明明就這麼危險，卻老是這樣……你明明都清楚到底有多危險，卻老是這樣子！」

「所謂的朋友，就是會在妳危險時伸出手的人；而所謂的家人……就是在妳危險時，不只是伸出手，更會整個人和妳一起往下跳的人。」我站起身走到她面前，一把抱住她。

「笨蛋，放開！」亞麗莎掙扎了一會兒，但是一下就放棄了，腦袋埋在我的胸前，悶悶地又說了一聲：「笨蛋……」

「我不是笨蛋，我是林家昂，身上也流著德古拉的血，是妳的家人的林家昂……只差沒有把戶籍謄本上的名字改成林家昂・德古拉而已。」

老實說這樣的名字真的詭異到極點。

「這是求婚嗎?這是求婚嗎?這是求婚嗎?」菈菈突然站到我面前，嘴角揚得高高的，興奮地說：「所以家昂大人，你是在求婚對吧?」

「啊?」我突然意識到我剛剛說的話似乎也可以這樣解釋。「哇啊!」

亞麗莎猛地推開我，垂著頭，讓人看不見表情。

「什麼家人，說得這麼好聽……」她低聲吐出這句話，然後就這樣低著頭往沙發上的布偶堆爬去，慢慢、慢慢地鑽進去，最後把自己埋在布偶堆裡。

她是哪種穴居生物?也太會把自己埋起來了吧!

我看向菈菈，她卻把眼神挪開。

「欸欸，家昂!」一旁的羅嘉綺突然拉了拉我的袖子，我回頭看向她，見她對我張開雙臂，一臉期待地向我燦笑。

因為幾乎能算是生活在一起的緣故，所以對她這樣可愛又清純的笑容我早就免疫了，反而起了警戒——

「妳想要做什麼？別又突然想拿我做奇怪的實驗喔……」

上次我就被她的笑容騙到，讓她在我衣服裡召喚出水犬，害我流了兩天的鼻涕，而她的原因只是想測試吸血鬼的耐寒程度。

哪招啊！

「才不是！」羅嘉綺叫著，前所未有地白我一眼，對我做了個鬼臉：「家昂這個笨蛋！」

她鼓起臉頰，把臉轉過去。

……到底什麼鬼？

「家昂大人啊……」菈菈感嘆地搖了搖頭：「明明就只是個爛人，但是……唉……」

「蛤？」我完全不懂她到底在說什麼。

「不過，該想一想要怎麼做了。」菈菈說著，看向敞開的大門。

大門因為華生的魔法而暫時沒辦法做任何空間連結，在爭奪戰結束前，我們沒辦法回臺灣。

門外並不是我所熟悉的景色，而是一座鋪著石板路、種滿各種鮮花的庭園，庭園的另一頭是生滿藤蔓的鐵欄杆大門。

我們該怎麼辦呢？老實說我不知道，而且別說我們，我連我自己到底該做什麼都不清楚。我不知道的事太多了，不管是吸血鬼、德古拉，還是亞麗莎的事。

「我出去走走。」我說著站起身，走出大門。

地球另一邊的羅馬尼亞現在時間才早上六點多，秋季的空氣帶著寒意，讓我打了個冷顫，但是搭配泥土和花的清新味道讓我精神好了許多。

我看向朝陽，微微瞇起眼。

吸血鬼冠冕爭奪戰嗎……

只剩下十二小時。

抖M的半吸血鬼

Masochistic Dhampir

Chapter 3.

羅家巫女的實力，就讓你瞧瞧吧☆

銀白的下弦月高掛空中，咆哮聲在耳邊環繞，我們站在競技場的正中央和伊莉莎白家的三名代表對望。

根據菈菈先前的說明，自古以來冠冕爭奪戰都是由華生家主持。

華生家在吸血鬼中擁有古老的血統、獨一無二的地位和強大的力量，再加上他們族人稀少，不想在無意義的鬥爭中消耗家族力量，從古至今都沒有參與過冠冕爭奪戰，因此被推崇為「值得信賴的裁判」，更讓他們有著「裁決者」的外號。

而這裡正是華生家準備的場地，自西元一世紀以來便一直是吸血鬼冠冕爭奪戰的會場，地點位在羅馬。

競技場的外觀和羅馬競技場十分相似，是同時期的建築，但是相較於眾所周知的古羅馬競技場，這裡被保存得十分完整。且這個競技場的規模小了古羅馬競技場不少，只能容納一千人左右。

以上全是和菈菈現學現賣的知識。

我環顧場內，觀眾席完全客滿，他們全是來自歐洲各地的吸血鬼，前來見證這場五十年一輪的「王權爭奪戰」。

他們手中拿著代表著家族的迷你旗幟：白底、有紅玫瑰圖騰的是伊莉莎白家族；黑底、白骷髏插著長劍的旗子代表德古拉家族。

環視場內，白旗的數量壓倒性地多於黑色，黑旗的擁護者寥寥可數，但在這稀少的數量下，卻有一面巨大的黑色旗幟相當顯眼——

「德古拉！德古拉！德古拉！」

菈菈揮著和她差不多高的旗幟放聲大喊，一點都不怕羞地替德古拉加油，還很沒形象地一腳踩在護欄上。

她是魔導具不能參賽，所以才會在場邊加油，還散發出「誰敢阻止我就殺誰」的氛圍，讓旁邊白旗的擁護者全都默默地沒講話。

「真可憐啊，德古拉一族。」珍妮．伊莉莎白一身休閒打扮，雙手抱胸，用嘲諷的語氣道：「曾經威名一時的德古拉，曾被稱為吸血鬼之王的一族，現在居然只剩下一個吸血鬼、一個半吸血鬼，和不知道哪裡找來的人類，而且這個人類還是妖怪獵人，真是笑死人了。」

「欸、欸，家昂，難道這裡就是傳說中的古羅馬競技場嗎？」

顯然羅嘉綺剛剛沒在聽菈菈的說明，也難怪，她從被傳送到這裡開始就一直處在興奮狀態，一臉好奇地東張西望，還不斷提出我完全不知道該怎麼回答的問題。

不過也因為這樣，我根本緊張不起來，突然覺得身邊有個缺乏緊張感的傢伙真好。

「家昂、家昂，既然這裡是古羅馬競技場，那就代表這裡是羅馬對不對？我們等一下可以去觀光嗎？」羅嘉綺眼底閃著光芒，用充滿期待的眼神看著我，總覺得如果我拒絕，她馬上就會哭出來。

但是我也不敢隨便答應她。

在確定比賽結果前，無論什麼樣的承諾都是信口開河，只有打贏比賽，活下來，我們才有觀光羅馬的機會。

「欸欸，快點嘛，家昂，我們一起去羅馬的香榭大道觀光！」羅嘉綺像個吵鬧的小孩，沒有任何緊張感，拉著我的手不停搖晃。

……香榭大道什麼時候搬到羅馬來了？該不會在我不知道的時候這邊還多了萬里長城和自由女神吧？

「誰輸誰贏，妳不覺得現在說大話都太早了嗎，伊莉莎白？」亞麗莎開口說出她離開布偶堆後的第五句話，前面四句話分別是——

我要吃早餐。

我要吃午餐。

晚餐。

出發。

其餘的時間不管菈菈怎麼找話題、羅嘉綺怎麼鬧她她都不予理會，不是鑽回布偶堆就是玩她的ＰＳＶ。

我很清楚她會變成這樣的理由，所以我沒有理她。我很確信只要我一開口，不管話題是什麼，到最後一定會變成和半吸血鬼、妖怪相關的爭論，接著就是無限的跳針，雖然她的出發點是為了我好，但我並不喜歡這樣。

我已經受夠什麼都不說、默默承擔一切的她。

明明長得這麼矮小，卻背負著這麼巨大的黑暗，一個人孤獨在這個世界上奮鬥了一、兩百年，光是用想的就令人發寒。如果是我，我有十足的把握我一定會發瘋。也因為這樣，我更不想看著亞麗莎一個人默默地承擔。

不管是過去、現在，甚至未來也好，不管她身上承擔的是什麼，我都願意和她一起承受，連同過去的分，一起。

這個笨蛋卻因為擔心我，硬是把我推得遠遠的，還搞出這種冷戰行為。

真的是笨到家了，難道活得越久的生物腦袋會隨著時間而逐漸鈍化嗎？是哪裡來的石頭腦！

「呦，平時嘴巴不是很毒？現在怎麼才這種程度？」伊莉莎瞇起眼，勾起嘴角：「果然是怕了吧？德古拉，怕就要說啊！妳要是現在把冠冕交出來，我可以讓妳死得痛快一點！」

亞麗莎似乎又想開口，但她半張的嘴最後卻沒有發出任何聲音，血紅雙瞳緊緊盯著伊莉莎白。

珍妮．伊莉莎白更加得意地仰天大笑。

不行，我忍不住了！

「跟快死掉的人說廢話有什麼意義？難不成要妳轉達什麼事情，讓妳下地獄後說給妳的爺爺、爸爸、哥哥和弟弟聽，然後讓他們笑死妳嗎？死掉的原因居然是因為話太多，應該沒有人死得比妳還蠢吧？」我放聲說道，場內瞬間靜了下來。我深吸一口氣，然後喊道：「既然如此！妳就幫我轉達！伊莉莎白家最好去做個智力測驗！淨是一群腦袋有洞、不自量力的傢伙！」

聲音在橢圓形競技場中迴盪，因為華生家的翻譯魔法，所以我知道所有人都能聽懂我在說什麼。

所有人注視著我，心臟撲通撲通地狂跳、大力撞擊胸口，但是我並不後悔，取而代之的是向亞麗莎露出一個挑釁意味十足的微笑。

「德古拉——！」菈菈突然放聲大喊，打破場內的寂靜：「吸．血．鬼．之．王！」

隨著菈菈的喊聲，全場瞬間爆出歡呼聲，雖然其中也夾雜著噓聲，但珍妮．伊莉莎白的臉色頓時變得很難看。

「你這傢伙，區區一個半吸血鬼——」她指著我，同時腳下出現淡紫色的魔法陣：「居然敢瞧不起伊莉莎白家族！」

「裁判，她犯規！」我連忙喊道：「比賽又還沒開始！」

觀眾席馬上傳來噓聲。

「伊莉莎白，住手。」一旁的華生出聲警告。

伊莉莎白咬著牙，不得不收起魔法陣。

「喔喔，家昂，你剛剛好帥！」羅嘉綺崇拜地看著我，一邊扯我的衣角：

「超級有英雄的感覺！你可以再表演一次嗎？我想拍照！」

面對這個搞不清楚狀況的笨蛋我只能乾笑。

總覺得等一下真的輪到我上場，英雄會在一瞬間變成狗熊。

「你這傢伙……到底在搞什麼……」亞麗莎開口，豎起漂亮的眉毛：「你怎麼不想清楚就開口？你為什麼老是這樣，說話和做事都不經過大腦？」

「亞麗莎，妳記得嗎？」盯著她的雙眼，我輕聲說道：「我們第一次見面、一起被追殺，然後我抱著妳的那個晚上。」

「怎麼可能忘記，就是因為你那天多管閒事才會變成這樣！」

「那天的月亮比今天還漂亮啊。」我說著，望向天空的下弦月。

「你別轉移話題，你到底為什麼要這麼做！」

「我沒有轉移話題，我只是想到，妳那個時候的笑容很棒。」說著，我又看向她：「或許我真的做事情沒有經過大腦，但是這一切，都是為了要守護那天的笑容。」

「你——」她瞬間瞪大了眼，望著我一句話都說不出來。

哼哼，平時玩 Gal Game 偷學的幾招居然真的派上用場了。

雖然這樣的手段有點卑鄙，不過，不這麼卑鄙的話，她根本不會想聽我講話吧？

「欸欸，家昂，那我呢？」羅嘉綺拉了拉我的手，仰著頭，雙眼發亮地問道：「你會想守護我的笑容嗎？」

……她在期待什麼？

「別問這麼蠢的問題。」我嘆了口氣，一手按在她的腦袋上：「這不是當然的嗎？」

「喔喔！」她滿意地點頭，呆呆地嘿嘿笑著。

「雙方，都已經準備好了嗎？」華生的聲音傳來，他的聲音雖然不大也不宏亮，卻有著無比的吸引力，讓競技場安靜了下來。「首先說明規則，本屆的冠冕爭奪戰採取三戰兩勝、一對一單人賽，且同一人不得重複上場，最終由獲勝的一方得到吸血鬼王權的代表，吸血鬼冠冕．佛拉德。」

華生看向亞麗莎，同時間亞麗莎低聲喃喃，腳下血紅色魔法陣迅速往外擴張。

接著，以金子為邊，紅色絨布為冠，鑲滿紅色寶石，冠頂有著倒心的王冠，出現在她頭頂上。

歡呼聲和驚嘆聲登時響徹整個競技場，亞麗莎取下頭頂上的冠冕，將其交到華生手中。華生高舉冠冕，場內氣氛到達最高潮，所有人起立鼓掌叫好。

「根據規則，比賽中若是有一方投降或死亡就不得繼續展開攻擊，並將其視為敗北。」華生接著說道：「只要遵守前述的兩條規則，比賽就會一直進行下去，不限制使用的武器和魔法……所以請雙方拿出實力，奪取王權的象徵。」

這也是華生所希望的吧？打得越精采，他們賺得也越多。

根據菈菈的說法，華生家族利用冠冕爭奪戰開設全球賭局，且進場觀賽也必須購買價格不菲的門票，保守估計一次爭奪戰，華生家就能賺進將近一億美金。

至於賭盤的賠率，聽說現在德古拉家的賠率飆到一比一百左右，大部分的人都不怎麼看好德古拉家族。也因此，每次菈菈都會投注極大部分的家產到賭局中，德古拉現在九成的家產都是這樣贏來的。

另外，今年的賭局菈菈把所有家產梭哈了，目的就是為了替我籌措變回人類的費用。

「反正輸了的話連命都沒了，不如全部投注下去……雖然我是不認為會輸啦！」菈菈是這麼說的。

「如果對以上的規則沒有疑問，請二、三輪的選手退場，只留下第一輪的選手。」華生說道。

伊莉莎白和另一個男人離開，留下一個高大、肥胖的男人。

「那麼，我在此宣布，吸血鬼冠冕爭奪戰正式展開。」

話音一落，震耳欲聾的歡呼緊接著響起，甚至還播放激昂的音樂。

「欸欸……」羅嘉綺看著眼前肥胖的男人，抓住我的袖子，晃了晃我的手臂——她是我們第一輪的選手。

我看向她的對手，身高大約兩百公分，體重十之八九超過一百公斤，臉上還戴著奇怪黑色面具的男人。總覺得他一拳就能讓羅嘉綺變成肉醬。

沒問題嗎……這樣的對手？

「家昂……」

「相信自己吧。」除了這句話，我不知道該說些什麼。

「可是……」

「等到比賽結束後，我們一起去觀光吧。」我微笑道。

「喔喔，那你要買這邊的熊熊給我！」羅嘉綺的雙眼瞬間發亮。

「呃……如果我的錢夠的話。」

怎麼可能會夠，我身上只有帶一百元臺幣耶！

「說定了喔！」

「……我會先去借錢的，所以說定了。」我無奈道。

「嗯嗯！」羅嘉綺滿意地點點頭，放開我的手。「對了家昂，為什麼前面那頭豬會用兩隻腳走路？為什麼會有豬出現在這裡？」

她盯著男人困惑地問，害我差點笑了出來。

這傢伙，也太沒有緊張感了吧！

「走了，別蘑菇。」亞麗莎冷冰冰道，說完直接轉身離開。

「唔……」我連忙跟了上去。

競技場的場邊有選手休息區，我們可以清楚地看見比賽的狀況，羅嘉綺如果有危險，我能在第一時間衝到她身邊——

前提是，她要有開口說投降的機會。

真是糟糕，她可以嗎？會不會因為緊張而亂了手腳？會不會因為緊張而發揮不出實力？

亞麗莎表現得相當冷漠，一到休息區便坐到最角落，縮起雙腳，拿出PSV玩。大概是怕吵到人，她沒有開聲音。

「妳不看一下情況嗎？」

「她沒問題的。對她來說，下位吸血鬼根本不成問題，她的實力遠遠超過她的對手。」亞麗莎看都不看我一眼道。

……那個下位吸血鬼長得跟怪物一樣，很容易讓人誤會他的等級吧？不過一切竟然真的如菈菈所料……

據菈菈的分析，第一場比賽對方會派出下位吸血鬼來探「我們」的實力，而第二棒十之八九是中位吸血鬼珍妮・伊莉莎白。

因為我沒有戰力，一旦上場就只會是待宰羔羊，在前兩場結束比賽對我們將會是最好的結果，第二棒只能派亞麗莎作結尾。

這點想必伊莉莎白也知道，想報仇的珍妮就必須跟著第二個出賽。

因此菈菈決定將計就計，第一棒讓羅嘉綺上場，第二棒是亞麗莎，最弱的我則是第三棒。如果不幸真的輪到我上場，那就只好投降，要不然鐵定會被秒殺。

「伊莉莎白家族代表：下位吸血鬼，東尼・伊莉莎白。」華生替場上的選手報上姓名：「德古拉家族代表：妖怪獵人，羅嘉綺。」

一聽見「妖怪獵人」，場邊隨即發出噓聲，甚至有人叫著要羅嘉綺滾蛋，或者要東尼把她碎屍萬段。但羅嘉綺像是沒有聽見一樣，苦惱地看著眼前的東尼，大概還在想他是從哪裡跑出來的豬。

這樣真的沒問題嗎？

我緊張地看亞麗莎，她卻自顧自地繼續打電動。

……就算在和我冷戰，也別對羅嘉綺這麼冷淡吧？

「羅嘉綺，加油！」我連忙向場內喊道。

羅嘉綺露出笑容，向我揮揮手，然後相當大力地挺起胸口，擺出憋氣的表情，同時間她的胸口出現不規則的起伏。

……這傢伙在表演什麼？

「雙方預備。」華生一開口，場內又靜了下來，他緩步走到場邊，腳步聲在整個空間迴盪。

我的心跳逐漸加速，看著他站到定位後轉身——

「第一戰，開始。」

觀眾的歡呼聲還未響起，名為東尼的吸血鬼已先發制人，咆哮一聲，放出淡紫色魔法陣。無數黑蝙蝠從中湧出，拍著翅膀向敵人撲去。

「穢土流壁。」羅嘉綺不慌不忙地掏出土色符咒一扔，數面厚實土牆隨即聳立在她的面前，將黑蝙蝠攔下。

接著她俐落地召喚出火犬、水犬，放出三昧真火，將四散的黑蝙蝠燒成灰。

她的神色雖然緊張，但是動作流暢，一點都不馬虎。

這傢伙，偷偷練習的成果展現出來了！

羅嘉綺無庸置疑是個認真的傢伙，儘管平時呆呆笨笨的，卻總是認真對待每一件事情。

比如她跑來我房間睡覺的原因，就如同先前說的是因為「房間太亂沒辦法睡」，至於房間太亂的緣故並非她偷懶沒整理，而是因為「沒辦法整理」。

我會知道這些，是因為房間太亂這個原因實在太可疑了，於是我趁她不在時拿了鑰匙跑到她房間，開門一看──水灘、土塊、焦黑處、樹枝、鐵屑，還有一堆雜七雜八的現象，讓我這種外行人一看就知道是練習法術的痕跡。

如果我是房東，看了大概會氣死吧，這個笨蛋，居然在房間裡練習法術……萬一哪天不小心把整棟樓毀掉怎麼辦？而且她退租的時候，要付的修理費大概會是天價。

解決掉東尼的攻擊後，羅嘉綺再次出手。

「三昧真火！」

三顆巨大火球飛出，東尼卻毫不退縮地往前衝，一臉鄙視地笑著，一掌拍落逼近的火球。

火球偏移了軌道，但沒有熄滅，羅嘉綺嘴角微微上勾，雙手迅速結印，火球瞬間改變模樣，化成燃著火焰的箭矢。

「淨魔之矢！」她出聲喊道，火焰箭矢朝吸血鬼疾射而去。

東尼察覺有異，回過頭試圖閃避，但是為時已晚。他的左手被箭矢刺穿，痛得嘶聲咆哮，狼狽倒地。他在地上滾了一圈壓滅火焰，然而手臂已經焦了一大塊，整個人痛苦地倒在地上喘息。

「羅家巫女的實力，就讓你瞧瞧吧！」羅嘉綺說著比了個V形手勢，同時間火犬和水犬放聲長嚎。

這傢伙，居然趁我不在時偷動我的艦娘，而且還偷了瑞鳳的臺詞來用！真的是……

我忍不住笑了出來。

但戰鬥還沒有結束，東尼緩緩站了起來。他的手臂正以肉眼可見的速度緩慢復原。

羅嘉綺立刻收回姿勢，扔出綠色符咒，符咒在半空中化成無數木樁，釘入東尼周圍的地面，形成一座牢籠。

「東尼……先生？」她微微歪頭，看向被困起來的東尼，聲音帶著一絲不易察覺的顫抖：「那個……我不想殺你，可以請你投降嗎……」

場內瞬間噓聲四起，不知道是在噓羅嘉綺勸降的行為，還是在噓被妖怪獵人修理的東尼，又或是兩者都有。

羅嘉綺恐慌地看向我，顯然不懂怎麼會突然被噓。

我看向亞麗莎，亞麗莎瞥了我一眼，又看了看羅嘉綺，什麼都沒說，重新把視線放回她的遊戲機螢幕上。

「妳可以別這麼冷淡嗎?和妳吵架的是我。」

「吵架?我才沒有和你吵架。」

「冷戰也是一樣,我說過,我不喜歡這種感覺。」

「不這樣,你們會離我遠一點嗎,人類?」她極為平淡地說,打電動的手指沒有停下來過。「就是因為和我太接近,才會碰到這種事情。」

「我們有選擇拒絕的權利,但是我們沒有選擇拒絕。」我說道:「我們是自願參與這件事情,所以不是妳的錯。」

「自願?人類……不,應該說你們兩個人類真的有夠奇怪。」亞麗莎平淡的語氣出現了些許起伏,或許她也注意到了,所以沒有再說下去,而是咬住下唇繼續打電動。

我生氣地盯著她,但她只是又淡淡地瞥了我一眼。

我不知道能說什麼了，既然亞麗莎要那麼認定，我也只能隨她。我不再多說，回頭向羅嘉綺點頭示意，她露出鬆了一口氣的表情。

我坐到休息區另一邊的角落，雙手抱胸看著場內。

不管噓聲的原因是什麼，我都不覺得羅嘉綺的做法有錯，善良的她絕對下不了殺手，所以才會勸降東尼。

「開什麼玩笑，投降？」東尼面具後的那對棕色雙眼瞪著羅嘉綺，哈哈大笑起來：「向我們的**食物**投降？我體內流的血絕對不允許我這麼做啊，**牲畜**！」

他腳下再次出現淡紫色的魔法陣，接著一拳打在木樁上，一股黑色氣息瞬間從他的拳頭噴發而出，衝破木樁。他雙手一扳，木樁發出劈里啪啦的聲響，向旁彎曲，他就這樣從那個缺口鑽了出來。

他汗流浹背，大口喘氣，面具滑落掉到地上，露出那張油光滿面的圓臉。

「不可能投降，我可是伊莉莎白執法隊的一員啊啊啊——！」他暴吼道，原本就緊繃的衣服瞬間被撐破，露出渾身的贅肉，接著他全身爆出黑氣，颳起一道詭異的黑風。

他是在變身成超級賽亞人嗎？

「我東尼．伊莉莎白的實力，現在就讓妳瞧瞧！如果你認為妳能擋得下這招，就來試試啊！」

怎麼他也來這哏！

東尼瞪著羅嘉綺，腳下展開魔法陣，無數蝙蝠從陣中竄出，但是這次的目標不是羅嘉綺，而是東尼本身！

蝙蝠攀在東尼身上，像是奶油一般逐漸融化，最後變成一具又黑又亮的鎧甲，完美地包覆住他全身，只露出腦袋。東尼嘶吼著猛衝出去，張嘴露出獠牙，眼神落在羅嘉綺白皙的頸子上——

「靈樹長藤。」羅嘉綺扔出符咒，符咒在半空中墜地，瞬間變成青綠色的藤樹，順著地板纏上東尼的腳，緊緊包覆住他的下半身。

「別以為這種東西……可惡！」東尼努力掙扎，用手去扯藤蔓，但是藤蔓完全不為所動。

「沒用的，以東尼先生的實力不可能掙脫開。」羅嘉綺說道，抱起腳邊的兩個小傢伙：「所以你還是投降吧。」

「別開玩笑了！」東尼揮動雙手，黑色蝙蝠隨即從地面上的魔法陣湧出，殺向羅嘉綺。

羅嘉綺深吸一口氣，白色符紙扔出，水犬跳起咬住符咒，做出勘比體操選手的完美三空翻。白色符紙登時化為白煙，罩住所有蝙蝠——

「羅家流密法．極凍霜地！」隨著高喊，水犬跟著變成一縷白煙，白色氣息眨眼間將東尼和蝙蝠完全包圍。

當白煙散去時，匡啷匡啷的聲音傳來，被凍結的蝙蝠全數落到地上摔成碎片，而術者東尼則是變成一個大冰塊。

「嘿嘿！」羅嘉綺對我比出勝利手勢。

這時地面上的冰塊隆起一小塊，化成水犬的模樣，立刻奔到羅嘉綺身邊，和跳到地上的火犬玩起追逐遊戲。

這傢伙的實力，已經不知道比原本強多少了，甚至遠遠超過羅嘉龍了吧？

我突然理解為何亞麗莎這麼放心讓她對付下位吸血鬼了，比賽根本是一面倒。我不由得轉頭看向亞麗莎，但她卻依然專心在她的遊戲上。

「裁判，這樣算我贏了吧！」羅嘉綺舉起手喊道。

「比賽還沒結束。」華生淡漠地給予答案：「東尼．伊莉莎白依然有生命跡象，而且他沒有投降。」

「欸……欸？」羅嘉綺看著場邊的華生又看向東尼，大叫：「可是他已經完全沒有辦法比賽了耶！」

「比賽勝負的判斷標準就是其中一方投降或死亡。」華生冷冷道：「如果對方不投降妳又不想殺死對手，那妳投降也可以。」

這個提議，無庸置疑地充滿惡意而且帶有偏袒。

這是哪門子的裁判？

但是華生的意見就代表裁決，羅嘉綺必須做出選擇。這場比賽實力的差距，光看剛剛幾招就可以明白，羅嘉綺甚至連半步都沒移動過，可是依據規定，這樣子不能算贏。

但是羅嘉綺有下手的勇氣嗎？如果有，她不會做出這種和凌虐沒兩樣的行為也要讓東尼投降，也不會在他拒絕投降之後又再一次給他機會。

真是個溫柔的傻瓜。

「現、現在到底該怎麼辦啊？」羅嘉綺一副快哭出來的模樣看著我：「我到底該怎麼做，家昂？」

「把他頭部的冰弄掉，再威脅他？」

「要、要、要怎麼威脅？」

呃，要這個天真又善良的傻瓜去威脅別人，簡直像是要狗爬上樹一樣不可能吧？

「總之先把他頭部的冰弄掉。」

「嗚嗚……」羅嘉綺彈了下手指，東尼頭部的冰塊鏗的一聲碎裂開來。

可惡，再來該怎麼辦？

「投、投降……」東尼白著臉、嘴唇發紫，用顫抖的聲音虛弱地說，顯然寒冷完全剝奪了他的戰鬥力和意志。

競技場內倏地一片寂靜。

「……勝利者，德古拉家族代表，羅嘉綺。」華生如此宣布。

抖M的半吸血鬼

Masochistic Dhampir

Chapter 4.

亞麗莎的戰鬥

「家昂、家昂，我贏了耶！」羅嘉綺開心地朝我跑來，完全忘了幫對手解凍這件事，絲毫不管東尼的哀嚎。

這樣也好，不然他趁這時候攻擊羅嘉綺的話……

「厲害吧！」她站到我面前驕傲地挺胸，雙手扠腰，水犬和火犬也跟著吠了幾聲，像是在替主人示威。

「嗯，很厲害……喂！」

「嘿咻！」羅嘉綺突然從場上跳了下來，整個人往我身上撲，我連忙起身要接她，卻被撞回椅子上。

她倒在我的懷中，把臉埋近我的胸口。

「嘿、嘿嘿嘿！」羅嘉綺咧著嘴，笑得相當燦爛。

「嘿什麼啊，妳這樣子很危險耶！」我輕輕敲了下她的腦袋，然後揉揉摔

疼的屁股：「下次別再這樣了！」

「可是，這樣的感覺很棒耶！」羅嘉綺仰頭看著我，還不忘眨了眨她漂亮的眼睛，可愛到犯規的程度就像對我發動了攻擊。

「……就算這樣也不行！」我臉頰一熱，急忙移開視線。

「欸——」

「總、總之，妳可以離開我身上了吧？」我的腹部傳來某種柔軟的觸感，心跳瞬間加速。

「喔……」羅嘉綺不甘不願地慢慢離開我懷中，接著坐到我身邊，拉了拉我的袖子，期待地看著我：「人、人家很努力喔！有獎賞嗎？」

她這句話提醒了我，我嘆了口氣。

「好、好，去羅馬觀光，然後會借錢買熊給妳，我有記得，等比賽結束後就找亞麗莎她們一起去吧。」

「欸？」羅嘉綺瞬間僵住。

「怎麼了嗎？」我困惑地蹙起眉。

用著呆滯的眼神盯著我數秒後，她微微鼓起臉頰，雙手抱著胸把臉轉向另一個方向。

「你一定要買一隻超級大的熊熊我才原諒你！」

……她在鬧什麼脾氣啊？

「真是的，明明是約會……糟糕，說溜嘴了！」她立刻轉過頭來，慌張地叫著：「你什麼都沒聽到喔！什麼都沒有！」

完全不明白羅嘉綺到底在搞什麼鬼，我不解地抓抓頭，轉頭看向即將上場的亞麗莎。她的視線依然放在PSV上，一點都不像是將上場的選手。

但是這樣反而讓我擔心，如果她表現出緊張感或許還好一點。

那傢伙真的沒問題嗎？我是不是該在她上場前和她聊幾句？

最後我嘆了口氣、站起身，站到她面前。

「怎樣？」她看都不看我一眼，以極為冰冷的語氣問。

「妳還好？」

「我很好。」

「嗯。」

「別擅自來關心我，我討厭自以為是的人。」

「……真是讓人火大。」

「那你就滾，滾得越遠越好，就算不火大也滾。」

「這是不可能的事。」我斬釘截鐵道。

「滾。」

「我說過了，不可能。」

「滾開！」亞麗莎平淡的語氣轉為低吼，還瞪了我一眼。

「嘖！」我抽走她手中的PSV，這才注意到，PSV根本沒有開機。「喂，妳這是在演哪一齣啊？」

「……不用你管。」亞麗莎踢了我的小腿一腳，低聲呢喃：「我才……不用你管。」

我忽然意識到，難道亞麗莎其實……也很痛苦嗎？不管是我的事，或是羅嘉綺的事，都讓她痛苦不已嗎？

就在我想說些什麼時，競技場內傳來騷動。向外看去，被凍在地上的東尼面前多了一個看起來約二十來歲的男人，是伊莉莎白家族的另一名代表。

男子有著一張惹人注目的帥臉、一頭微捲的紅髮，身上穿著筆挺的西裝，看起來帥氣度破表。他正帶著迷人的微笑睨著東尼，可是東尼的臉上卻出現懼意。

「東尼啊，你身為我伊莉莎白家族執法隊的隊員，我們的感情就像是兄弟一樣，對吧？」男人以親切的口吻問。

「不、不要……」東尼顫抖著回答不相關的話語：「下、下次我一定會贏，我一定會做得更好……亞歷山大大哥，不要！」

「你跟著我一起多久了？五、六十年有了吧？已經擁有升任幹部的資格，卻因為實力不足一直是一般隊員。你可以告訴我為什麼你一直都是下位吸血鬼嗎？」

「不、不、不要……不要……」

「我們一起處罰了不少失敗者，你一定很清楚失敗者的下場對吧？」

「不要……大哥，不要……」

「你放心吧。」名為亞歷山大的男人蹲下身，輕輕拍了拍東尼的腦袋。「我說過了，你和我就像是兄弟。」

「大、大哥……」東尼臉上出現茫然。

所以說，他們到底是在表演什麼？

「不過，有句話不是說**親兄弟明算帳**嗎？」亞歷山大棕色的雙眼瞬間瞪大，咧嘴露出獠牙。「很遺憾，伊莉莎白家不需要失敗者。」

他站起身來，此時左手多了個球狀物體，暗紅色的液體從指縫中滴落——

他舔掉濺到嘴角的血跡，把手中的東西一扔，彈了下手指，東尼的屍體隨即燃起白色的火焰，瞬間燒得連灰都不剩。

「我是伊莉莎白家的上位吸血鬼，亞歷山大・伊莉莎白。來吧，亞麗莎・德古拉！」亞歷山大像是在演話劇一樣張開雙臂，腳下出現巨大的紫色魔法陣：「我們該算算五十年前，妳欠我的帳了！」

「等、等一下，上位吸血鬼？對手不是那個什麼珍妮嗎？」我看向對面的休息室，同時間看見珍妮・伊莉莎白臉上出現一抹冷笑。

可惡，竟然是我們被反將一軍，情況不妙。

根據菈菈的說法，五十年前的亞麗莎有一個打十個上位吸血鬼的實力，但五十年後加上最近大量地消耗魔力，現在的她光是應付一個上位吸血鬼都有困難。

「亞麗莎，妳快投降，要、要不然就是馬上吸我的血！」

亞麗莎像是沒聽見一樣一把推開我，冷著臉往場內走去。

「喂，亞麗莎！」

「我說過了，別擅自來關心我，我討厭自以為是的人。」亞麗莎頭也不回，身上散發出黑色氣息。「也不過……是這種程度的對手。」

「別鬧了，亞麗莎！」我一眼就看出她是在逞強。

「伊莉莎白家代表，亞歷山大．伊莉莎白。」看到亞麗莎上場，華生立刻朗聲介紹：「德古拉家代表，亞麗莎．德古拉……第二輪比賽，開始！」

語音一落，場內的氣氛再一次達到高潮，這場上位吸血鬼間的對決，無庸置疑是最受期待的比賽。

但是場上的兩人並未立刻動手，取而代之的是維持著各自的姿態彼此對望。

「距離上次見面，已經相隔了五十年了吧？」亞歷山大首先開口，猙獰地看著亞麗莎：「等了五十年，我終於有辦法報仇了，德古拉！」

「報仇？我可不記得我對你做過什麼，我根本不記得你是誰。」亞麗莎雙手抱胸，臉上沒有任何表情。

「不記得我是誰？妳把我害得這麼慘，卻不記得我是誰？因為五十年敗在妳手中的緣故，我的家人全部遭到處刑，妻子甚至因此被囚禁……眼睜睜看著親人死去卻無能為力的痛苦，整整折磨了我五十年！妳當時為什麼不乾脆殺了我，德古拉！」

亞歷山大憤恨地瞪大了眼，下一秒，又狀似瘋狂地仰天大笑起來。

「不過幸好，我堅持下來了，現在終於有機會報仇雪恨……德古拉，妳有什麼遺言要交代嗎？」

這傢伙有病嗎？亞歷山大的狂氣讓我緊張地看向亞麗莎，對方看起來可不像是會手下留情啊！

「你這麼想死，就去死吧。」亞麗莎不屑地挑眉。

「不行，主人，快棄權！」

菈菈的喊聲突然傳來，嚇了我一跳，回頭一看，她正一臉緊張地站在休息室的門邊。

「呃，菈菈，妳不是在觀眾席嗎？」我突然意識到菈菈跑下來的原因：「難道那個亞歷山大，很不妙？」

菈菈隨即拿起她的手機給我看，上頭是目前比賽的賠率和選手資料。

一賠五百二十，我們也太不被看好，難道剛剛羅嘉綺贏的那場不足以——原來如此。

我馬上清楚賠率不降反增的原因。

亞歷山大．伊莉莎白，外號「吸血鬼狩獵者」，是伊莉莎白執法隊的隊長，專門肅清伊莉莎白家族的叛亂者、失敗者以及企圖對伊莉莎白家族不利的外來者。目前狩獵成績為上位吸血鬼二十三名、中位吸血鬼一百四十五名、下位吸血鬼無數，羅伯家族和洛克家族全是毀在他手中。

別鬧了，專門狩獵吸血鬼的吸血鬼……

「亞麗莎，妳要小心啊！」我向亞麗莎大喊：「對方已經和當年完全不一樣了，妳一定要小心！」

「家昂大人，你怎麼不阻止主人！」

「妳覺得有辦法阻止嗎？」我苦笑道：「我也只能這樣提醒她。」

「那個吸血鬼的妖力，好可怕……」羅嘉綺突然站到我身邊，抓住我的手：「亞麗莎完全處於弱勢……」

我不清楚羅嘉綺看見了什麼，但我很清楚地看見亞麗莎額頭上的汗珠。

「德古拉，五十年不見，妳也變得軟弱無能了呢。」亞歷山大冷笑了幾聲：「堂堂的吸血鬼之王，居然和人類玩起好朋友遊戲，難道沒有人教妳不可以玩**食物**嗎？真的是本世紀最大的吸血鬼笑話啊，亞麗莎·德古拉。」

「你這傢伙——！」亞麗莎迅速召喚出血色鐮刀，一個蹬步衝出去。

巨鐮橫砍、左切、右劈、直削，每個動作都有著劈風的巨大聲響，最後劃出三道血紅色的風刃，動作一點遲疑都沒有。

但是這一連串的攻擊，一刀都沒砍中亞歷山大，全被他大笑著閃過。

「退步了呢，果然是太久沒吸血，最近又用掉太多魔力的緣故嗎？」亞歷山大輕蔑地笑了笑，打了個響指，一把白色細劍出現在手中。「這樣子，妳還有成為吸血鬼之王的資格嗎，亞麗莎·德古拉？」

他的這些情報，八成又是李星羅透露的吧——我真的快要被人賣到習慣了。

「總之，吸血鬼之王，我已經讓妳一輪了，現在開始是我的回合。」亞歷山大說著紅髮逐漸褪成銀色，獠牙變長，雙眼的棕色向外暈染，侵蝕掉所有眼白。

「呵、呵呵……復仇要開始了，德古拉，妳準備好了嗎？」

濃重的白色氣息自他身上湧出，不停翻攪蠢動，即使白色代表純潔，此時卻給人強烈的不祥預感。

一縷凜冽的氣息直竄骨子裡，我全身寒毛直豎，忍不住退後幾步，甚至有想逃離現場的衝動。

一旁的羅嘉綺臉色也變得一片慘白，驚恐地看著亞歷山大，兩手緊緊抓住我的袖子，嬌小的身子微微打顫。雖然她沒開口，但我知道她也跟我一樣想逃跑。

亞麗莎臉上依然平靜無波，但仔細看的話會發現斗大的汗珠滑過她的臉頰，似乎正被某種強大的力量壓迫。

「不行……真的不行……」菈菈顫抖的聲音傳來。儘管身為魔導具的她不會恐懼，但是語氣和神色中明顯帶著擔心與不安。

「菈、菈菈……」開口的瞬間我發現自己的聲音居然在顫抖。「這、這到底是……是怎麼回事？那個吸血鬼……那個吸血鬼……」

「是**覺醒狀態**。」菈菈眼睛不離場內，緊盯著亞麗莎做出說明：「是上位吸血鬼必備的招式……主人也會，只是現在的她缺少覺醒需要的魔力……」

又是魔力不足，亞麗莎到底為何不願意吸血……

「連覺醒的力量都沒有了嗎？」亞歷山大哈哈大笑：「這樣子還能自稱為吸血鬼之王？該從歷史上退場了吧，德古拉一族──」

與此同時，無數蝙蝠從他身後飛出，直朝亞麗莎而去！

血色鐮刀俐落舞動，一道道風刃對上如洪水般的蝙蝠潮，雙方一時僵持不下。

冷不防，蝙蝠群中閃出一道白光，亞歷山大的細劍直指喉嚨，亞麗莎緊急收回鐮刀，勘勘擋住劍光。然而沒了風刃牽制，蝙蝠隨即蜂擁而上，直接將她撞飛了出去。

不行，才一招亞麗莎就快撐不住，實力的差距太明顯了！

「唉呀唉呀，吸血鬼之王，這招連我一成的實力都不到耶！」攻擊結束，蝙蝠隨之散去，亞歷山大身影再現，臉上掛著狂妄的笑容。

不管是誰都看得出來，他正在玩弄亞麗莎。

亞歷山大再度招喚蝙蝠，但這次沒有攻擊亞麗莎，而是攀附在自己身上，轉眼間就變成和東尼相同的鎧甲。他身邊的白色氣息飛快聚集，變成無數顆飄浮在半空中的白球，隨著他一揮手，全數往亞麗莎飛去。

亞麗莎揮舞鐮刀抵抗，然而白球數量太多，轉眼間將她團團包圍。

「血腥花瓣。」亞歷山大彈了下手指，接著白球如同花苞般綻放開來，變成一朵朵白玫瑰。

一抹血色從第一朵玫瑰開始蔓延，將所有花瓣染成一片鮮紅，像飛鏢一樣從四面八方射向亞麗莎。

「鮮血空間。」亞麗莎低聲道，一顆紅球迅速將她包住。

花瓣沒入紅球中，不久後又被吐了出來，和其他射過來的花瓣相互抵消，化成原本的白色霧氣，環繞在亞麗莎的空間周邊。

花瓣全部消失之後，鮮血空間碎裂開來，露出氣喘吁吁的亞麗莎。但是亞歷山大絲毫不給她喘息的時間，怪叫著往衝上前，以駭人的速度展開了第二波攻勢。

細劍劃出道道白光，亞麗莎閃躲格擋，起初還能應付，然而隨著時間流逝，細劍在她的身上造成傷口越來越多，她的動作也越來越慢。

亞歷山大見到破綻，大吼一聲，一腳狠踹上了亞麗莎肚子！

「咕！」亞麗莎倒飛出去，轟一聲撞上競技場邊緣，整個人陷進了碎裂凹陷的牆壁裡。大量鮮血從她嘴中溢出，臉色一片慘白。

「亞麗莎——！」我管不了那麼多，直接衝進場內，一把抱起她：「妳……妳……」

亞麗莎看著我似乎想說什麼，卻又吐了口鮮血，把我的衣服染得一片鮮紅。

「她已經完蛋了，人類。」亞歷山大緩步走來，眼神中充滿鄙視，彷彿我們只是地上的蛆蟲，隨便一踩就會死去。「已經徹底完蛋了喔，哈哈、哈哈哈哈哈哈！」

他興奮地狂笑不止，看著亞麗莎的眼中滿是瘋狂。

「她的內臟至少破了一、兩個，骨頭大概也斷了好幾根了吧？魔力所剩不多的她雖不會死，緩慢的復原速度卻能讓她痛得生不如死……幸好她不像人類那麼脆弱。放心吧，我現在不會讓她死，我會慢慢地玩她，五十年的仇……」

「哈，哈哈……」我忍不住笑了出聲。

不妙啊，他這樣子觸動我的神經——我的M神經會忍受不了啊！

「哈哈哈，哈哈哈哈哈哈——」笑聲在整個會場迴盪，我克制不住揚起的嘴角，身體因為愉悅而不住顫抖。

「人類……」亞歷山大嗤笑了一聲。「這樣就瘋了？真可悲啊，連面對現實的勇氣都沒有。」

他說的沒錯，面對這種情形還笑得出來的我是瘋了，也因為瘋了，才會跑來蹚這灘渾水。

眼前忽然一片模糊，溫熱的液體隨即溢出眼眶，劃過臉頰。一個正常人怎麼會同時又哭又笑？這就是我瘋了的最好證明。

我改變不了「環境」，所以我變成了M。

我改變不了「無能」，所以我變成了半吸血鬼。

抖M的半吸血鬼……這真是最好笑的吸血鬼笑話。

「裁判！」菈菈的聲音突然傳來：「我們的選手妨礙了一對一的比賽，算是我們失去資格對吧……這場比賽，我們德古拉家族輸了！」

「想投降？」亞歷山大最先反應過來，重新提起白色長劍：「你們也把事情想得太簡單了吧？」

「住手。」華生喊道，黑色的魔法陣自腳下擴張，籠罩住整座競技擂臺，亞歷山大登時頓住，動彈不得。「勝利者，伊莉莎白家族代表，亞歷山大‧伊莉莎白。」

「喂、喂！」亞歷山大不滿地瞪向華生：「華生，你在開玩笑嗎？」

「你們就快得到冠冕了，有差這點時間嗎？」華生冷著臉，推了推鼻梁上的眼鏡。「別忘了，大家都在看。」

他說的無庸置疑是觀眾席上的觀眾。

「嘖！」亞歷山大咋舌，手中的細劍消失，外貌也變回原本的模樣。他的戰鬥狀態一解除，腳下的黑光也隨即消失得無影無蹤。

「別高興得太早，人類，等我們拿到冠冕，你們的結局依然不會改變。」

亞歷山大冷冷瞥了我們一眼，轉身離去。

得、得救了……

我連忙把亞麗莎抱起，快步回到休息區。

「菈、菈菈！」我喊道。

「家昂，快把亞麗莎放到這邊！」羅嘉綺說著在椅子上以符咒擺出奇怪的陣型，嚴肅地對我說：「我來幫她治療！」

我連忙把人放上去，瞬間符咒散發出綠色光芒，亞麗莎外表的傷開始以肉眼可見的速度復原。

「讓開！」菈菈把我推開，替亞麗莎進行身體檢查，最後做出結論：「多虧乳牛怪的法術，主人的心臟應該不會停。吸血鬼和人類差不多，只要頭不離開身體、心臟不停止跳動，基本上都不會有問題。」

「可是，亞麗莎的氣場很亂……」羅嘉綺蹙眉望向菈菈：「她的內臟一定有受傷，只靠我的法術……」

「沒問題的，主人能自行復原……」雖然這麼說，但菈菈的語氣明顯有所動搖。

「……如果餵血的話，會不會比較好？」我馬上想到先前我餵血給亞麗莎那次的情況。

菈菈盯著我數秒，點了點頭，但隨即又搖頭否決了我的提議。

「主人不會同意這麼做。」她緩緩道：「因為主人不吸血，是有原因的。」

「原因？」

「主人她……想讓自己像個人類。」

「欸？」我愣了愣：「想讓自己像個人類？」

「沒錯，想讓自己像個人類。很好笑，對吧？」菈菈乾笑了幾聲：「這應該是最好笑的吸血鬼笑話吧？想像人類的吸血鬼。」

「為什麼……」

然而突然響起的聲音打斷了我的提問。

「第三場比賽，德古拉家族代表請上場。」

抖M的半吸血鬼

Masochistic Dhampir

Chapter 5.

人類對上吸血鬼、半吸血鬼對上吸血鬼

輪到我了。

「別、別去……」亞麗莎虛弱的聲音傳來，一對冰冷的小手微微顫抖著抓住我的手。

「妳好好休息吧。」我輕聲說道。

「投……投降……」亞麗莎喘著氣，吃力地說著，那對漂亮的眼睛滿含淚光。「你一定……要……投降……」

「別說了，好好休息。」我安撫地摸了摸她的腦袋。

這場比賽，絕對不能投降。

不投降至少還有全力一搏的機會，但是只要投降，就連任何一點機會都沒有了。

人類並不是打不贏吸血鬼，畢竟妖怪獵人也是人類。雖然我不像羅嘉綺會高超的法術，但只要想辦法破壞吸鬼的心臟，他們一樣會死亡——簡單地說，我現在只要對準珍妮．伊莉莎白的要害……

如果什麼都不做，亞麗莎就會死；如果什麼都不做，德古拉家族就會徹底消失；如果什麼都不做，我一定會後悔到死——所以，我必須全力一搏，抓住那渺茫的希望！

「菈、菈菈……快點……快點阻止……阻止那個笨蛋……」她似乎還想說些什麼，但是一口湧出的鮮血打斷了她的話。

「家昂大人。」菈菈扔了一個物體給我，我拿起來一看，是柄銀色短劍，尾端用黑布纏繞勉強作為劍柄，一點都不好握。

「這是……嗚！」話才說到一半，心臟突然大力抽動一下，我反射性地蜷起身體。

這、這種現象是……

眼前的世界開始扭曲，血液彷彿沸騰般在體內奔湧，我拿下眼鏡，眼前的世界反而變得清晰。

是吸血鬼化。

「唔！」我連忙掏出手機打開自拍模式，發現我的右眼變成了吸血鬼化時才會有的紅瞳，可是我沒有長出獠牙，也沒有陷入「鮮血渴望」的狀態。

「這是……？」

「是銀刃，這並不是什麼稀奇的道具。」菈菈說道：「在黑暗時代，貴族的家裡一定會準備這種東西，拿來殺上門的吸血鬼。」

「……叫吸血鬼拿殺吸血鬼的道具去殺吸血鬼？」我乾笑了幾聲：「還真是有夠惡趣味。」

「這是在幫你，家昂大人。」菈菈沒有毒舌地吐槽我，而是一臉正色道：「銀刃嚴格上算起來算是驅魔道具，擁有引出使用者身上魔力的能力，所以你身上的魔力才會被引導出來變成這種樣子……只是沒有辦法很完全，家昂大人現在大概就只是個四分之一的吸血鬼吧。」

「……」

這不就是比一半還弱的意思嗎？

「我只能幫到這裡。」

「不准去……不准去……」亞麗莎扭動著身子要爬起來，但被羅嘉綺按住制止她亂動。「要不然……絕交……不理你……一輩子……不理你……」

「我也沒辦法和死掉的吸血鬼做好朋友。」我苦笑著說，把弄了幾下手中的短劍。「總之妳就放心地休息吧，我去去就回。」

冰冷的小手握得更緊，我狠下心，輕鬆地甩開她。

「林、林家昂……」虛弱的聲音、沙啞的嘶吼，傳遞出她無力的焦急。亞麗莎伸著手，雙眼的淚水逐漸堆積，感覺隨時都會潰堤。

看了她一眼，我就不敢回頭。因為我知道，只要我回頭，我可能就不會想離開了。

「家昂……」羅嘉綺的聲音從身後傳來，經過了幾秒的沉默，她才繼續說道：「一、一定要回來！」

「當然。」我說著，踩上階梯走到場內。

「我們、我們還要一起去逛羅馬喔！」

真是的，到現在還在掛念這種事情……

「我記得啦！」我背對著她們揮揮手，站到了珍妮·伊莉莎白面前。

「你終於上場了，半吸血鬼，遺言交代完了嗎？」珍妮咧著嘴，眼睛瞇成一條線：「你知道嗎，我一直在等你上場。」

「真奇怪，這句話明明是從女性口中說出來的，我卻一點都感覺不到心動，反而還全身發毛。」我緩緩說道：「我可不記得我什麼時候變得這麼有魅力，可以迷倒妳這個妖怪老太婆。」

儘管接下來的戰鬥十分危險，我卻絲毫不覺得害怕。

亞麗莎明明就不想要冠冕，卻因為奇怪的理由讓她不得不出戰，為了守護那樣的垃圾，搞得自己身負重傷。

如果沒有沒有沒有那頂狗屁冠冕就好了，或者，沒有伊莉莎白家族就好了。

前所未有的情感充斥胸膛，我清楚地知道，那是殺意——

我想要殺了她。

我想要殺光伊莉莎白家族的每一個吸血鬼。

「我也不會迷上你這個噁心的半吸血鬼小鬼，你算什麼東西啊？流著德古拉的臭血，真的是令人作嘔。」伊莉莎白揚起下巴盯著我，突然笑了起來：「不過啊，只要一想到殺了你就能讓德古拉生不如死，我就興奮得不行！你放心，我不會一口氣殺死你，我會慢慢、慢慢地折磨你，折磨折磨折磨折磨折磨折磨折磨，折磨到你不成人形為止！我要讓德古拉知道心痛到死的感覺！」

伊莉莎白說著發出尖銳的笑聲，神態瘋狂，用鎖定獵物的凶狠眼神死死盯著我。

……現在的我是肉體M的狀態嗎？雖然我對她的叫罵無感，不過畢竟我目前只是四分之一的吸血鬼，「M之力」究竟能發展到什麼程度完全不清楚。

不管再怎麼我想知道，我都不能貿然行動，為了達成我最終的目的，我必須忍耐。

必須更加小心，才能找出機會殺了她。

殺了她！

「你這是什麼眼神……果然是德古拉家的人，那種看不起人的眼神簡直和亞麗莎．德古拉一模一樣，我看我先把你的眼珠子挖出來好了！」珍妮．伊莉莎白眼神中竄出怒火：「明明就只是個半吸血鬼，居然妄圖反抗吸血鬼女王！」

「妳什麼時候成為吸血鬼女王了？」我冷冷道，同時附加幾聲冷笑——這是我擅長的「求M式挑釁法」。

「妳不僅現在不是，未來也不會是。可悲的女人，妳一輩子都和冠冕無緣，就繼續咬著手帕在旁邊痴心妄想吧！妳難道都沒注意到嗎，亞麗莎明明有命令你們去死的權力，但是她從沒有這麼做。

「受亞麗莎恩惠的傢伙還這麼囂張，簡直像是反咬主人的狗！噢……對不起，狗就算反咬主人，被修理後也懂得服從，你們這些不管修理幾次都教不乖的蠢貨……根本連狗都不如！」

「你……！」珍妮．伊莉莎白瞪大了眼，一副隨時都會衝過來把我脖子扭斷的模樣：「華生！」

「伊莉莎白家代表，珍妮．伊莉莎白。德古拉家代表，林家昂。第三輪……」

「去死——！」珍妮．伊莉莎白完全不等華生說完便衝了過來：「放心吧，我會先毀掉你的聲帶……絕對不會讓你有機會投降！」

雖然伊莉莎白的身材圓滾滾的，但她的動作異常敏捷，可惜透過吸血鬼的動態視力看起來卻慢得像在漫步。

她攻擊的預備動作、她的步伐、逐漸變長的指甲和視線落點，我全都看得一清二楚。只要好好利用這點，我一定能刺中她的心臟——

不知不覺間我已經習慣了戰鬥，就算亞麗莎千百個不願意，但我的確有種越來越像妖怪的感覺。

我深吸一口氣，緊緊握住手中的銀刃，手掌微微發痛。疼痛帶來的愉悅感瀰漫全身，我的嘴角微微勾起，順著她的動作，右腳向後跨，側身避開她削來的利爪——

什麼？

脖子傳來一陣刺痛，我連忙又向後急退兩步，手往脖子上一摸，沾上鮮紅的液體。

「僥倖躲過了嗎？」伊莉莎白揚起嘴角：「下次可不會這麼好運了！」

「家昂大人！」一旁傳來菈菈的喊聲：「四分之一！」

這四個字瞬間提醒我——四分之一的吸血鬼化，就代表我有四分之三的部分依然是人類，看來我的身體能力並沒有吸血鬼化，所以跟不上動態勢力和她的動作。

不過同時，脖子上的痛楚消失了，又用手摸了一次，傷口已經癒合，沒有半點痕跡。

真是的，剛剛才提醒自己要小心的……

「別動！」

珍妮．伊莉莎白的聲音瞬間打斷我的思緒，我反射性地一閃，耳朵還是傳來了刺痛感。我馬上踏穩腳跟，趁對方來不及收手的空檔，順勢將銀刃往她手臂刺去。

「呀——」珍妮．伊莉莎白高聲尖嘯，一把將我甩開。

我向後滾了好幾圈，所幸因為吸血鬼的力量沒有受到太多傷害——

糟糕！

我忽然感受到力量正迅速流失，視野漸漸變得模糊。

「這是銀刃……你這傢伙！」珍妮．伊莉莎白看了眼插在手臂上的東西，吃力地把劍拔掉扔到一旁。

「不，不——」她突然按住臉尖叫了起來，臉部肌膚就像是剝落的油漆，一片一片脫落，露出下方充滿皺紋的醜臉，看起來就像是上百歲的老太婆。

「你這個該死的半吸血鬼——！」

她的老臉搭配上憤怒的咆哮，就像《倩女幽魂》裡的黑山姥姥。

「嗚嘿……嘿、嘿嘿！」快感瞬間驅逐了我的恐懼，我不由自主地笑出來，同時背脊冒出無數冷汗。

精神M現象出現，這代表我徹底變回人類了。

「有什麼好笑的！」伊莉莎白嘶吼著撲來，嚇得我立刻轉身逃跑。

好可怕！

「別跑，你這個該死的半吸血鬼，別跑——！」

「妳叫我不跑……嘿、嘿嘿……我就不跑嗎……哈、哈哈哈哈哈！」無比的壓力和噁心感讓我大笑出聲，生死戰變得像是馬戲團的搞笑表演，身為主角之一的我一方面想要找個洞鑽進去躲起來，一方面又因此愉悅得全身酥麻。

場內觀眾似乎也看不下去了，噓聲四起，喧譁成一片，甚至有人開始朝我們扔垃圾。

必須快點拿回銀刃！

珍妮．伊莉莎白顯然氣到失去理智，不斷怪叫著追在我屁股後面，卻沒有使用任何魔法。

不知道是不是因為受傷的緣故，她的動作比我還慢上一點，我就這樣帶著她繞著場邊跑，心裡的疑惑卻越來越濃。

這場對決關係到一個家族的存亡，為什麼觀眾席上那群人毫不緊張？萬一比賽後持有冠冕的依然是德古拉家族，亞麗莎就有權力毀滅「背叛王」的家族，為什麼他們一點都不害怕，還替伊莉莎白家族加油？

伊莉莎白的瘋狂讓我十分順利地接近銀刃，就在我即將摸到刃柄前——

「咯咯咯咯咯咯……哈哈哈哈哈哈！」

大笑聲瞬間傳來，同時銀刃下方出現魔法陣，從中放出的紫色光束將我團團包圍。我伸手輕碰結界，立刻被電流電了一下。

「伊莉莎白家祕法．紫光牢籠！」伊莉莎白站到我面前，那張可怕的臉湊了過來：「半吸血鬼啊，你難道沒有腦袋嗎？這麼明顯的陷阱居然就這樣踩了下去，真是愚蠢至極！」

「我錯了。」我冷笑道：「我還以為妳真的需要做智力檢查，原來這點小把戲還是做得不錯嘛！」

「有什麼好笑的，你已經被我關住了！」伊莉莎白指著我尖吼：「我最看不順眼的就是你們德古拉家族到死為止都這麼高傲！給我哭！求我！快求我啊！求我求我求我求我求我求我求我求我啊哈哈哈哈——！」

她一邊尖叫一邊撕扯自己充滿皺紋的臉皮，粉紅色的肉露了出來，甚至滲出鮮血，她卻像是不覺得痛一樣，直接扯下了一整塊肉，還仰起頭來放聲尖叫！

「只要碰到我的結界，它就會把你電成焦炭，你逃不出來的……呵、呵呵！你只是在逞強而已！」珍妮．伊莉莎白露出獠牙，她伸出舌頭，**舔舐自己臉上**

流下的鮮血，然後猛地打了個冷顫。

「伊莉莎白家族不只擅長戰鬥，你知道我們還擅長什麼嗎？拷問唷，拷問！哈、哈哈……在我的牢籠裡，你的聲音是傳不出來的，就算你想投降也不可能，我會親自動手折磨你，你就好好期待吧！」

她說著又狂笑了起來。

看臺上的歡呼聲浪越來越大，無論是白旗還是黑旗的支持者，都搖動手中的旗幟，神情興奮，熱烈地期待著接下來的虐殺秀。

看起來似乎勝負已定了。

場邊休息區羅嘉綺大叫著要衝上來，卻被菈菈拉住，而亞麗莎則是躺在椅子上，瞪大了雙眼看著我。

真是的，不是說不用擔心嗎？

我忍不住苦笑，又感動得想哭。

「來吧，德古拉家的半吸血鬼，就讓亞麗莎·德古拉看清楚，看看你的慘狀……」

「喝啊啊——」我將手強行穿過光束欄杆，強烈的電流順著手流遍全身，眼前的世界瞬間一片鮮黃，鼻間傳來烤肉的焦香味。

身體不由自主地抽搐，我感覺得到心臟正加速撞擊我的胸口，血液在體內暴衝，強烈的痛楚竄過每一根神經。

「呵呵哈哈哈！哈哈哈哈哈！」

好爽！好爽好爽好爽好爽好爽！不夠，還不夠，再來多一點的電流啊啊——！

近乎讓人暈厥的快感伴隨疼痛而生，我閉著眼沉浸其中，享受這難得的美好，但隨即砰一聲巨響，紫色光束形成的牢籠大幅扭曲，像是玻璃般化成紫色光粒碎了一地，魔法陣也消失得無影無蹤。

我半曲著膝，大力地喘氣，身上的疼痛褪去，快感同時隨之消逝。

「這樣就沒了嗎……也太無趣了一點吧？」我乾咳了幾聲，咳出了許多白煙。

……我現在該不會變成爆炸頭了吧？

一陣前所未有的疲勞感突然襲來，我差點站不住腳。

這個樣子，可能沒有辦法繼續戰鬥了啊……是因為「四分之三」的關係才會這麼累嗎？

如果我現在放下銀刃，鐵定會立刻倒下。

場內一片寂靜，所有人都盯著我，這正是最好的時機。

「逃不出來？」等喉嚨的狀況好了許多後我又開口，附帶幾聲冷笑：「這是騙小孩的把戲對吧？幾千度的火焰對我來說都像是洗三溫暖，被電一下算得了什麼？這狗屁牢籠還撐不到一半就不見了。果然啊，連狗都不如的東西，做出來的……」

「你這個下等的半吸血鬼！」珍妮·伊莉莎白尖叫著打斷道，同時腳下出現紫色魔法陣，召出無數蝙蝠朝我襲來。

我沒有力氣閃躲了，卻也不打算閃躲，任憑蝙蝠朝我飛來，在我身上撕咬和吸血。

還不夠，銀刃激出的魔力不足以讓我回復疲勞，而且這個距離我沒有辦法……沒有辦法殺了她！

「珍妮·伊莉莎白，妳只有這種程度而已嗎？」我挑釁地笑了笑：「伊莉莎白家的吸血鬼，連德古拉家的半吸血鬼都打不贏，真不曉得到底是誰比較無能？」

「你！你居然敢汙辱伊莉莎白家——去死！」伊莉莎白面目猙獰地朝我撲來，看來已經完全失去理智了。

這是最後的機會。

只要她死，亞麗莎就安全了！

我奮力從蝙蝠群中抽出手，用盡全身剩餘的力氣舉起銀刃，算準珍妮．伊莉莎白攻擊的軌跡，猛地將銀刃刺進她的腦門！

「啊啊！啊——！」珍妮．伊莉莎白登時癱倒在地，蝙蝠群同時消失。

成功了！

然而下一秒，她竟然從地上彈了起來。

欸？

「半吸血鬼！去死吧！」低沉又高昂的詭異混合音從她口中吐出。

我還來不及看清珍妮．伊莉莎白的動作，就聽見骨頭碎裂的可怕聲響，伴隨著劇痛，整個人被擊飛了出去。

「咳！」我狠狠撞在圍牆上，一口鮮血從喉間湧出，全身上下都像散了架般疼痛不堪，內臟也有詭異的不適感。

吸血鬼和人類差不多，只要頭不離開身體、心臟不停止跳動基本上都不會有問題。

菈菈的話言猶在耳，我卻太過躁進輕敵，以致犯下了致命的錯誤。

我再也撐不住，雙腿一軟跪到地上，珍妮．伊莉莎白迅速站到我面前，高舉手臂。

很神奇地，雖然我因為耳鳴而聽不見任何聲音，但我知道她在說什麼。

——去死吧。

下一秒，溫熱的液體濺到我的臉上，一股腥臭撲鼻而來。

抖M的半吸血鬼

Masochistic Dhampir

Chapter 6.

德古拉家族的黑暗

溫熱的液體濺到我的臉上、腥臭味撲面而來——珍妮．伊莉莎白的腦袋以不可能的角度在半空中飛舞，大量鮮血從頸動脈湧出，濺得我全身都是。

這是……怎麼回事？

珍妮．伊莉莎白失去腦袋的身體晃了晃，撲通一聲倒在地面。在她身後，站著一名看起來約十四、五歲，外貌似曾相識的少女。

少女有著一頭及腰的白色長髮，漂亮的血紅色雙瞳晶亮有神，皮膚白皙得如同陶瓷一般，身高比亞麗莎高了一些但同樣是平胸。她穿著一件純黑色的連身洋裝，看起來相當可愛。

少女可愛的臉上，卻掛著與外貌不符的詭異笑容，透過她仰起的嘴角，我見到一對又尖又長的獠牙。

「真是的……讓人噁心的怪物老太婆，還是乖乖安息吧。」少女甜膩的嗓音說著和音色完全不符的話語：「放心，我很快就會送妳的族人去地獄陪妳了。」

我愣愣望著她，一時間沒辦法做出任何反應。

「你就是現在跟在亞麗莎身邊的傢伙嗎？」少女一腳踢開珍妮・伊莉莎白站到我面前，粗魯地揪起我的頭髮，貼著我的臉嗅了嗅：「居然，是個半吸血鬼……」

她身上傳來濃重的血腥味，還散發出的強大壓迫感，幾乎讓人喘不過氣。

——她是真正的吸血鬼！

一瞬間，我實實在在地體會到自己和真正的吸血鬼之間無比遙遠的差距。

「你最好離亞麗莎遠一點……越遠越好！」少女壓低了聲音，冷冷地瞪著我。

「唔！」心臟霎時猛烈收縮，像是要把裡面的血液全部擠出來一樣，痛苦得我無法呼吸。

這才是真正的血魄之瞳嗎……

「你這種沒用的傢伙一定會背叛亞麗莎，給我滾遠點！」她哼了一聲，一把將我甩開。

望著漸漸遠離的背影，她狂妄的笑聲在我的耳際不斷迴盪。

不滿的咆哮、噓聲、議論聲瀰漫整個競技場，但是更多的是尖叫，有人知道少女的身分，大喊了出來——

「**德古拉家的殺人鬼！**」

德古拉家？

我突然想起菈菈在算德古拉家人數時那錯誤的「三個人」。

壞掉的魔法傀儡的錄音、德古拉古堡的那幅少女畫像、亞麗莎和菈菈爭論的三個音節單字，這些線索全部串在一起，導出了唯一一個答案……

「米、米可雅……」我沙啞的聲音努力吐出這三個音節。

少女似乎聽見了，回過頭來露出一抹猙獰的笑容。

是她沒錯。

讓亞麗莎背負兩百年黑暗的罪人！

「沒錯，就是我，米可雅．德古拉。」米可雅說著，同時競技擂臺亮起無數黑色魔法陣，穿著黑色鎧甲的巨大戰士拿著巨斧、長劍從中浮現。

「伊莉莎白，你們的末日到了！」她素手一揮，黑甲戰士便往伊莉莎白家族的休息室衝去。

觀眾席上的伊莉莎白家吸血鬼一見情況不對，紛紛一躍而下，兩方人馬就這麼交戰起來。

米可雅站在戰士們形成的壁壘後，召喚出一把巨大的黑色鐮刀，接著利用掩護一躍、揮鐮，轉眼間兩個腦袋落到地面。

她一臉邪氣地舔掉鐮刀上的血跡，一個巨大的魔法陣從腳下噴發而出，籠罩整個會場，不只是競技場內，連觀眾席都被罩了進去。

場面瞬間一片混亂，因為米可雅的意圖再清楚不過——

她要殺光在場所有吸血鬼！

第二道魔法陣隨即展開，在競技場擂臺與觀眾席間築起一道可見的黑色光牆，接著響起如鐘聲般的詭異低鳴聲。

一座城堡的幻影憑空浮現，壓倒性的強大氣息君臨了整個競技場，場內倏地寂然無聲，就連微風吹動的細微聲響都消失了，陷入一片詭譎的寧靜。

「吸血鬼最強祕法——吸血鬼之國！國王開口的時候，賤民沒有發言的權利！」米可雅張開雙臂放聲說道：「**歡迎光臨我的王國！**」

這傢伙……

「我的王國的規則很簡單，順我者生，逆我者亡。那幾位背叛王的傢伙，你們準備好接受王的處刑了嗎？」她手指輕彈，一支白旗和一支黑旗分別出現手中：「黑旗是德古拉家族的象徵，也是王族的代表；白旗是伊莉莎白家族的象徵，也是……背叛者！」

她啪的一聲折斷了白色旗子，然後哈哈大笑起來。

觀眾席上頓時產生了無聲的暴動，每個人都扔掉手中的白色旗子，甚至有人開始搶別人的黑旗。他們互毆、互咬，用魔法攻擊對方，較弱小的吸血鬼等不到處刑就已變成屍體，而強大的一方即便搶到了旗子，卻又立刻陷入另一場爭奪戰。

不過幾秒鐘時間，就有大概兩成吸血鬼倒在觀眾席上動也不動。

光說幾句話，不用親自下手就讓這麼多吸血鬼死傷，米可雅的手段和實力究竟有多可怕，他們才會如此恐慌？

「再來就是最大的亂黨了，伊莉莎白家族！」血色的瞳孔看向前方。

伊莉莎白家族的吸血鬼死傷慘重，黑甲戰士也所剩無幾，以亞歷山大為首的幾名吸血鬼全數進入覺醒狀態，但即使如此，依然有許多屍體橫躺在他們腳邊。

無聲的戰鬥、無聲的哀號、無聲的咆哮，黑甲戰士無情地刺穿吸血鬼的心窩，吸血鬼俐落削下黑甲戰士的腦袋，彷彿在看一齣殘忍的默劇。

地面一片嫣紅，這些血並非來自倒下的黑色傀儡戰士，而是近百具的吸血鬼屍體，血腥味充斥在空氣中，讓人忍不住乾嘔。

「現在就讓你們有交代遺言的機會吧。」米可雅彈了下手指，聲音瞬間回歸，哀嚎和尖叫聲迫不及待地在競技場內迴盪。

「德古拉家族的垃圾，少開玩笑了——」

亞歷山大叫著殺向朝米可雅，米可雅卻輕鬆一笑，身後忽然出現一個黑洞，轉身踏了進去，眨眼間消失無蹤。

「這就是傳說中的空間移動密法嗎？」亞歷山大撲了個空，冷笑道：「還真的是膽小鬼用的魔法！」

話音方落，黑洞猛地出現在他身後，一把鐮刀從中伸出，揮向他的腦袋。

「太慢了。」亞歷山大看都不看地以細劍擋下鐮刀，臉上浮現得意的笑容，哈哈大笑起來。

「噗滋！」

噁心的聲音傳來，另一個黑洞不知道何時出現在亞歷山大腳邊，他的笑容瞬間僵住，兩膝以下的部分被鐮刀削斷，滑稽地跌倒在地。

「膽小鬼的魔法？」米可雅的聲音悠悠從黑洞中傳出，緊接而來的是嘲諷的狂笑聲，同時飄出一股黑色氣息，瞬間包圍了亞歷山大包。

「呀啊啊——」

伴隨著尖叫，一點、兩點，黑色氣息逐漸染上血紅色，慢慢暈開，當它成為一片血紅時，亞歷山大的叫聲也消失了，再沒發出任何聲響。

我屏住呼吸，恐懼得渾身發寒。

為什麼叫聲消失了？為、為什麼……

「嗚！」

忽然有人摀住我的嘴巴將我往後拉，我連忙掙扎，但是全身的疼痛讓我一下就失去了力氣。

「家昂大人，是我。」

耳邊響起的是熟悉的聲音，我安心了不少，回頭看，菈菈做了個噤聲手勢後放開我的嘴巴。

「能走嗎？」

我點點頭。菈菈扶起我，我們順著牆邊，悄悄往德古拉家族的休息區而去。

傷口傳來的劇烈疼痛不斷刺激神經，我光是邁步就很吃力，根本沒多餘的力氣開口提問。

移動中，眼角餘光不經意瞥見亞歷山大倒在地上，四肢扭曲，全身是傷，看起來已經氣絕多時。而凶手米可雅則正被三個覺醒的吸血鬼包圍，但臉上依然帶著狂妄的笑容。

「家昂大人，你現在應該有很多疑問吧？」菈菈的低語傳來：「說來有點話長，簡而言之，她就是米可雅．德古拉大人——殺害德古拉一族兩百七十三名吸血鬼，在主人身上附加兩百年黑暗的……罪人！」

儘管語調平和，在說到「罪人」兩個字時，她眼中的殺意卻明顯得無法忽視。

被半扶半拖地帶回休息區，羅嘉綺一邊叫著一邊衝上前在我身上貼了好幾張符咒。符咒發出綠光，我立刻舒服了不少，骨折的手也回到能夠活動的狀態。

「等、等一下，羅嘉綺，妳再貼下去我會變成木乃伊……」我出聲制止她繼續往我身上貼符咒。

「可、可是……嗚……」羅嘉綺一副欲言又止的模樣。

「沒事的。」我輕聲說，拍了拍她的腦袋：「妳的符咒很有效。」

我轉頭看向一旁的亞麗莎，她好了很多，現在已經能站起來了，只是臉色依然蒼白。她在臺階旁，雙眼盯著場內的米可雅，唇瓣小幅度地翕動著，嬌小的身子正微微打顫。

「米可雅！」她驀地低吼，露出痛苦又複雜的神情。

「羅嘉綺……我有件事情想拜託妳……」我忍痛艱難地開口。

「我、我不要聽！」羅嘉綺激動地摀住耳朵，眼角泛淚，可憐兮兮地看著我：「家、家昂，我不會讓你死，所以我不要聽……我不想聽到你的遺言！」

如果我不是正在接受治療，一定會吐得滿地鮮血。

我苦笑著輕輕敲了她的額頭：「我沒有這麼不怕死好嗎……」

「可是剛剛明明就……差點死、死掉了……明明知道打不贏她……」她發出嗚嗚的怪聲，小手扯著裙襬，鼓起腮幫子抗議似地盯著我，淚水在眼眶中打轉，死撐著不讓它落出眼眶。

「……我、我現在不是回來了嗎？」心底突然產生了一份罪惡感，我心虛地別開眼。

「家昂，看我！」羅嘉綺扳過我的臉，水靈靈的眸子直盯著我：「我知道你是為了亞麗莎才會這麼做，也知道你會為了我這麼做……但是，但是啊，我們都不希望你去做這麼危險的事情！」

「嗯……」面對這樣的關心和笨蛋突然的成熟，我一時間只能手足無措地點頭。

「你知道嗎，剛剛你一走，亞麗莎就哭了。」

「欸？」

「『不要離開我』，她邊哭邊這麼說……嗚喵！」

羅嘉綺的腦袋被菈菈狠狠拍了一下。

「別只會說主人，妳還不是也一樣，乳牛怪。」菈菈用著平淡的語氣說道，表情比先前好了很多。

經她這麼一提，我才注意到羅嘉綺臉上有著淡淡的淚痕。

「嗚！」羅嘉綺連忙轉身背對我，胡亂抹了把臉。「別、別看啦！臉髒髒的……都、都是洋蔥的錯！」

哪裡來的洋蔥啊！

雖然現在的處境不適合笑，但我還是不禁揚起了嘴角。

「對不起……然後謝謝。」

「嗚！」羅嘉綺轉過頭來，一副快哭的模樣：「你、你在說什麼啦！別亂說話，洋蔥味都飄過來了！就跟你說別吃太多洋蔥了，害人家的眼睛好痛！」

軟軟的罵聲一點殺傷力都沒有，但還是讓我的心莫名地疼痛。

「羅嘉綺，我現在要拜託一件只有妳能做到的事情。」我刻意忽略那股感覺，連忙轉移話題。

「唔？」羅嘉綺抹掉眼角的淚水。

「帶我們逃走。」我說道：「離開這裡，越遠越好。」

「當然沒問題！」

說話的同時，水犬和火犬從羅嘉綺腳邊鑽出，汪汪喊了兩聲。

「菈菈，能帶路嗎？從這裡到這附近安全的地方。」

「……梵蒂岡，如何？」

「欸？」她的答案讓我一愣。

梵蒂岡，也就是教廷的所在處，那裡知名的聖騎士的職責就是斬殺妖怪。

「梵蒂岡是妖怪發展促進協會的總部……就在大教堂的地下四十四層。」

我的嘴角微微抽動，同時再次體認到所謂的妖怪並沒有什麼不可能，哪天跟我說月球上有妖怪生存我也不會覺得稀奇了。

該不會嫦娥跟玉兔其實是妖怪？

「我知道了，等我一下。」我拿下身上失去光芒的符咒，往亞麗莎走去。

菈菈和羅嘉綺似乎知道我想做什麼，沒有多問也沒有阻攔。

真心覺得，認識她們是我十九年人生中最幸福的事情。

「亞麗莎。」我一把拉起亞麗莎的手。她的小手冰冷得像是冰塊一樣，一點溫度都沒有。

亞麗莎茫然地看著我，顫抖的嘴唇像是想要說些什麼。

「我們該走了。」我輕聲道。

「為、為什麼……」亞麗莎的聲音沙啞得我差點認不出來，顫抖地問：「為什麼……米可雅……」

說到一半她就說不下去了，像是喉嚨被什麼東西哽住，怎麼努力都發不出聲音。

「沒事的，沒事。」我將她攬入懷中，輕拍她的背脊：「慢慢說就好，沒關係的。」

亞麗莎呼吸登時變得急促，淚水奪眶而出——

「為什麼米可雅……會在、會在這裡？」

淚水滑過她漂亮的臉頰，順著下巴，最後落地。

「我不知道。」我搖了搖頭：「我不知道她為什麼會出現，我只知道我們要趁亂離開這裡。」

「不行……我不能走……」亞麗莎掙扎道，但虛弱的她根本甩不開我，神情越來越恐慌，身體的顫抖也更加明顯：「我不能跟你們走，既然她出現了，那我就不能跟你們走……不能跟你……不能跟你走……我必須孤單一個人……必、必須一個人！」

「米可雅剛剛警告我，要我離開妳身邊。」

「既、既然如此你快點放手……你會被她殺掉！」亞麗莎再次使勁地掙扎，但是還沒痊癒的她根本沒有那個力氣。「放開我，你會被殺掉啊！」

「我並不怕為了保護妳們而死，我不怕因為妳們而死。」我忍不住笑了出來：「和楊光對決的那次、上次和羅嘉龍的法術對幹的那次，還有跟伊莉莎白對戰的時候，妳什麼時候看到我害怕了？為了值得守護的人、事、物挺身而出，這才是人類——我是人類啊，亞麗莎！」

「不一樣，這次不一樣！她出現了……她出現了！」亞麗莎突然反抓住我的手，瞪大眼看著我：「對了……我要問她……她為什麼要那樣做？為什麼她要殺害我的族人……為什麼為什麼為什麼！」

「亞麗莎……」

「對！我現在、現在就去問！」她說著爬上臺階，被我馬上拉回來。「放開我！我現在就去問她，把所有事情問清……」

「不准去！」我狠狠將亞麗莎抓回來，扣著她的肩膀吼道。看著一臉茫然的她，我又強調了一次：「不准去，聽到了沒！」

「為、為什麼……為什麼！」亞麗莎叫出聲來：「我找了她兩百年，就是為了要得到答案！」

「不管過去是怎樣，也不管答案是什麼，妳活在**現在**。」我直直盯著她血紅色的雙瞳：「也不管妳過去失去了什麼，妳現在擁有**我們**！」

「你不懂……你不懂我的感受！」她茫然的臉上逐漸出現慍色：「如果不懂，就別這麼自以為是！」

「沒錯，我不懂，因為我不是妳！」我立刻回應她的怒吼，用怒吼的方式：「但是妳現在去，就算真的得到答案，又能改變什麼？如果這麼做有意義我絕對不會攔妳，但是，妳自己也很清楚什麼都改變不了，不是嗎？」

「你──」亞麗莎咬著牙，淚水落得更厲害。

「妳什麼都改變不了，不是嗎。」我的語氣變成傷人的肯定句，但是這是必要的，只有這樣才能讓她清醒。

她張著嘴半晌，卻什麼都沒說。

「死去的人不可能重生，吸血鬼也一樣，否則妳不會孤單兩百年。既然無法改變既成事實，那就好好想清楚到底該怎麼活下去，別莫名其妙去送死！」

「可、可是……兩百年……」

「過去的兩百年不會有人擔心妳。」我說道，然後一把將她抱入懷中，輕聲在她耳邊說道：「但是，現在有了。」

亞麗莎沉默，嬌小的身軀開始顫抖，最後在我的懷中嚎啕大哭。

「嗚喔！」突然我的後背被某個東西向上頂，整個人抱著亞麗莎騰空飛起來，一下子摔在蓬軟的藍色毛皮上。我一看，發現是水狼。

「……就沒有好一點的方法讓我上來嗎？」

回過頭，羅嘉綺和菈菈都用不滿的眼神盯著我。

怎、怎麼了嗎？

「家昂，你真——的很笨！」羅嘉綺嘟著嘴，臉上的不滿一目瞭然。「你都不對我這樣，小氣鬼！」

我哪來的力氣能把她這樣拋起來？她以為她的體重跟嬰兒一樣可以玩飛高高嗎？而且飛高高這遊戲也太幼稚了吧。

啊啊，我懂了，因為「笨蛋都喜歡高處」，所以說……

「家昂大人，我必須修正你剛剛說的話。」菈菈不快道：「這兩百年來我都很關心主人，你不是兩百年來的第一個。」

「呃，抱歉。」

都什麼時候了還在意這種事情，這群人也太沒有危機意識了。我嘆了口氣，看向懷中的亞麗莎，她仍在低聲啜泣，緊緊地揪著我的衣服。

我輕撫她的後腦勺，沉默地等她冷靜下來。此刻我能做的也只有等待。

「羅嘉綺，我們走吧！」我說道。

「不要！」羅嘉綺甩過頭去。

「呃……」她又是哪裡吃錯藥了？我試探性地說道：「羅嘉綺大人？」

「叫我嘉綺！」羅嘉綺眼神堅定：「不然就不開車！」

開車勒！她當她的水狼是野狼125嗎！她在搞什麼，這個笨蛋該不會還沒搞清楚現在的情況吧？

「呃……嘉、嘉綺大人？」我冒著冷汗說：「可以別鬧了嗎？」

「我才沒有鬧——嘉．綺！」

「嘉、嘉綺……」我的音調瞬間變得詭異，這是我有生以來第一次這樣稱呼女孩子。

「很好！」她滿意地點點頭，拍了拍水狼的後頸。水狼低吼了一聲，便從選手進場的通道衝出去。

我回頭看向競技場，裡頭已經變成一片煉獄，屍體成山，地面一片暗紅，「屍橫遍野」和「血流成河」說的就是如此吧。

「哈哈哈哈哈哈哈！」米可雅的笑聲依然在場內迴盪，我看著她的背影，只見她抓著一個覺醒吸血鬼的腦袋，然後一用力——

我連忙轉頭。

這傢伙也太血腥了一點……

水狼邁步奔馳，風聲在耳邊咻咻響起，然而沒跑出多遠，牠猛地一個急煞，害我差點壓到懷中的亞麗莎。

「家昂大人，我一直覺得有幾件事情很奇怪。」菈菈的聲音突然傳來。

「拜託，別在這種時候突然開黃腔！」我連忙說道。

「白癡！」她狠瞪我一眼，又轉過頭充滿殺氣地看向前方。

「這場比賽從一開始就不太對勁，不管是規則，或是整個比賽程序，都有明顯的問題，過去的比賽從未像這樣無視王的權力到極點，完全順從挑戰者的要求。雖然表面上佯裝公平，但展現出來的結果根本不是一般的裁決，只是單純的偏袒。」

她的意思是——一個早就在心底隱約成形的想法一閃而過。

「除外，為什麼米可雅大人可以直接進入場內，卻沒有任何人收到警告？本該維持秩序的裁判為何不僅沒有出手，反而從一開始就不見蹤影？」

那是因為裁判本人——

順著菈菈的視線看去，前方的通道中，納德·華生頭上戴著吸血鬼冠冕

——佛拉德，擋住了我們的去路。

抖M的半吸血鬼

Masochistic
Dhampir

Chapter 7.

華生家族

謎底隨著華生的出現解開。

篡位。

這是可以概括一切不合理情況的原因。

「華生家族擁有數一數二的實力和智慧，若論歷史，甚至能和伊莉莎白家族齊名，背景遠遠超過突然竄出來的德古拉一族。」不等我們開口提問，華生逕自侃侃而談：「然而，因為恐懼滅族，前前任當家，也就是我的父親，羅賓威爾‧華生決定讓整個家族沉默、退出紛爭來保護自己。

「初代德古拉還在時，這或許是個明智的決定，但如今時代不一樣了，從兩百年前開始，華生家族就一直有機會登上王座，只是運氣不夠好。兩百年前的第一次機會被滅族者破壞，和德古拉家族的婚約，因為德古拉一族的滅亡而取消。」

兩百年前的婚約？等等！

我突然想到之前魔法傀儡所說的話，連忙看向菈菈。

「那是我正式啟動以前的事情，我是在德古拉被滅族的那瞬間啟動的，有人以魔力驅使我，要我服侍現在的主人……我不清楚當時的情況，甚至不記得要我服侍主人的是誰。我推測很有可能是德古拉當家，也就是主人的父親。」

菈菈緩緩說道，雙眼警戒地盯著前方：「主人一直不願意提起滅族前的事，我只能從德古拉家族裡殘餘魔導具的核心去拼湊線索，大致了解滅族時的情況和凶手是誰，其他的真的不清楚。」

隨著菈菈的話語，我的衣領被緊緊揪住。

「為什麼現在還要提這些事？」亞麗莎咬著牙：「即使婚約解除了，兩家之間依然擁有盟約，但是華生家卻無視盟約，拋棄當時的我……」

「因為沒有效益。」華生理所當然道：「我們聯姻的目的就是為了王位，既然德古拉家無法給予我們應有的回報，我們不再和德古拉家族往來，不是十分合理的事嗎？」

「沒錯，所以才會當我的面將盟約撕毀。」亞麗莎豎起眉。

「那只是張早該消失的廢紙。」華生接著說道：「隨著冠冕爭奪戰再度到來，連續失敗三次的伊莉莎白家族決定作弊，珍妮・伊莉莎白找上了我們，我們決定攜手合作。」

所以才會有不公平的規則和不公平的發言嗎？如果第二場比賽我沒有闖進場讓華生不得不顧及觀眾的眼光，即使亞麗莎決定投降，華生大概也會當成沒聽到吧？這也不難理解為何第一場比賽他會那樣逼迫羅嘉綺。

「只會做偷雞摸狗的事。」菈菈冷哼了一聲：「如果這麼想得到王位，你可以選擇參賽，前提是你們真的有那個實力！」

「我們可是裁判啊，德古拉家的魔導具。」華生臉上出現一絲陰沉：「身為裁判，必須謹守本分才行！妳想想，比賽順利地進行，德古拉家族輸給伊莉莎白而滅亡，突然闖入的吸血鬼卻將伊莉莎白一族殺光，最終華生家族不得不出面，將闖入者殺死。但兩大家族滅亡了，無人可繼承冠冕，因此擁有最強實力的華生一族，只好暫時接手『吸血鬼之王』的稱號——不會有比這更好的劇本了。」

原來如此，他從一開始就打算捨棄伊莉莎白家族，不僅如此，還利用了米可雅。

「這個傢伙……」亞麗莎滿臉殺意，若不是因為還沒回復，恐怕早就衝出去和人拚命。

至於憤怒的原因，我想不單單只是因為他們利用德古拉家族而已。

「不過我完美的劇本卻被破壞了。」華生說著一手扶額，氣憤道：「真沒想到半吸血鬼居然有那種勇氣，還真的是小看你了呢。也沒想到那個滅族者，居然只花半天的時間就從臺灣那種鳥不生蛋的小島衝到這裡，完全超出我預期的時間！」

「臺、臺灣？」聽見熟悉的名詞，我忍不住喊了出來。

「沒錯，因為有情報說米可雅大人可能潛伏在臺灣，所以主人才會把入口從日本秋葉原移到臺灣屏東。」菈菈點頭道：「為了找米可雅大人，主人甚至不惜將自己的情報洩漏給李星羅，才會引來西妖殲的那群人。」

「兩百年了，我找她找了兩百年，沒想到居然會在這個地方重新碰面……」

亞麗莎有些沙啞的聲音傳來。她推開我坐起身，看著我的眼神帶著歉意：「對不起，家昂，之前……都沒有跟你說……」

「沒關係，我已經知道了。」我嘆口氣，微微一笑：「妳不用在意，因為我很清楚妳的思念。」

「啊啊，原本一切都很順利，我完美的劇本啊——」華生誇張地搖頭嘆息，放聲說道：「明明第一幕和第二幕都如此完美，卻被奇怪的半吸血鬼和該死的滅族者破壞了一切！」

同時間，他的紅髮逐漸轉為紫色，腳下出現紫白色的巨大魔法陣，背上長出一對紫色蝙蝠翅膀。強烈的氣息襲來，水狼警戒地弓起背，不斷從喉頭發出低吼聲。

「不過沒關係，只要現在進行調整……」低沉的聲音帶著些許的尖銳，他的每個字、每個音節都讓人感到一股惡寒。和從亞歷山大那裡感受到的壓迫感截然不同，是令人發寒的濃烈惡意。

「現在終幕已經完成一半了，伊莉莎白家族的氣數也差不多了吧。他們雖然沒什麼腦袋，但是戰鬥力完全不容忽視呢。」華生手中憑空出現一把黑色巨劍：「不管最後是伊莉莎白家或滅族者哪個活下來，所剩的魔力大概也不多，可以輕鬆收拾，現在最重要的是……德古拉，妳好不容易才撿回來的命，不好意思，看來要交代在我手中了。」

「嘉綺，拜託了！」我立刻喊道。

羅嘉綺拍了水狼的脖子，水狼收到命令，咆哮著往前衝出！

「使魔嗎？東方好像叫做式神或召喚獸吧？」

面對比他大上一倍的巨狼，華生的臉上竟有著些許不屑，輕鬆伸手擋住水狼，坐在上面的我們差點隨著慣性飛出去。

華生仰起嘴角，接著手掌一縮，水狼的鼻頭頓時化成水。

「冰霧。」羅嘉綺扔出藍色符紙，水狼的鼻吻迅速重生化成冰塊，轉眼將華生的手凍在一起。

「去死吧！」菈菈見機立刻躍下，以驚人的速度揮劍砍斷華生的左手，接著劍刃一轉，第二劍指向脖子——

「噹！」華生舉劍輕巧擋下菈菈的魔力劍，臉上浮現笑容：「一群沒有用的蛆蟲。」

一記迴旋踢紮實地踢在菈菈的側腹，噁心的碎裂聲傳來，她整個人撞到水狼上，手中的劍一閃一滅，最後化成白光消失無蹤。

華生嗤笑了一聲，以超乎常人的蠻力把水狼舉起，水狼就像嬰兒一樣完全沒有抵抗能力，直接被摔了出去。我們從背上被甩了下來，而水狼撞上牆面，身邊出現許多水氣，痛苦地呻吟著變回原本的小狗模樣。

「汪奇！」羅嘉綺見狀，馬上起身扔出一張符咒，一道厚厚的土牆便擋在我們和華生之間。

她不顧一切地衝到水犬身邊將牠抱起，水犬低鳴一聲，化成水氣散去。

「先休息吧……辛苦你了……」

這種神奇寶貝的既視感是怎麼回事？牠不是隨時都可以再召喚出來嗎……總覺得水犬和炎犬對羅嘉綺而言，已經不是單單的「召喚獸」那麼簡單了。

「亞麗莎，沒事……欸？」我正要查看亞麗莎的狀況時，卻被她一把推開。

「太危險了……」亞麗莎搖搖晃晃地站起身，額頭上冒出汗水。雖然她的傷還沒好，在魔力不足的情況下，腳下依然出現了一圈小小的血紅色魔法陣。

「你趕快帶著乳牛怪和菈菈……」

「不可能。」我重新站到她面前，彈了下她的額頭：「妳現在絕對打不贏他，而且殺掉妳後，他肯定也會追上來滅口。」

說到這裡，我忍不住苦笑。

如果有機會寫回憶錄，這段故事一定要記錄下來給我的子孫看，只是大概會被當成虛構的故事……

「我說過了，妳早就不是孤單一人了。我會陪妳一起面對這一切。」

亞麗莎瞪大眼，淚水在眼眶中打轉。她連忙把淚水抹掉，垂下頭不讓我看見她的表情。

「笨蛋……」小小的拳頭打在我的肚子上。

「德古拉，妳還想再拖無辜的人下水？」土牆轟的一聲碎開，華生陰險的笑臉出現在牆後。「妳不覺得，妳已經拖累太多人了嗎？」

「會在這裡的都是不怕被拖累的笨蛋。」我挺著胸，伸出我的中指：「真是謝謝你的關心！」

「咻！」一道殘影劃過耳際，某個物體打在華生臉上，弄得他一臉鮮紅。

「沒人准你對我的獵物下手，雜碎！」低吼聲從後方響起，回頭一看，果然是米可雅。她全身沾滿血腥，身邊圍繞著一層血紅色的氣息，往我們緩步而來，黑色魔法陣隨著她的腳步一個又一個浮現。

「給我離他們遠一點，你這個畜生！」

我連忙抱住亞麗莎退到一旁，米可雅瞥了我一眼，發出詭異的笑聲。

「家昂……千萬不要從我身邊消失……」亞麗莎打了個冷顫，緊緊揪住我的衣服，語氣像是命令又像是懇求。

我瞪向害亞麗莎變成這樣的傢伙，將懷中的人抱得更緊。

「華生，你還真是一點禮貌都沒有，隨隨便便就對別人的東西下手，沒家教嗎？」米可雅站到華生面前，臉上沒有絲毫畏懼：「我討厭沒禮貌的傢伙，所以，你就去死吧！」

話音一落，另一個米可雅倏地出現在華生身後，鐮刀高舉——

然而另一個華生又在米可雅後方現身，黑色巨劍揮動，直接將她一分為二！

被攔腰斬斷的米可雅不可置信地瞪大了眼，下一秒卻發出尖銳狂笑，同時一個黑色魔法陣遍布她全身，迅速收縮，接著身體轟地炸開！

黑色暴風迅速襲向另一個米可雅和兩個華生，但那黑色的氣息沒有散開，反而縮成球狀將兩人包起。

見狀，亞麗莎冷不防推開我，趁我來不及反應時就這麼衝了出去。

「亞麗莎——！」

但她並未如我所想地衝進風暴中，反而是拖著腳步，奮力到菈菈身邊檢查她的狀況。

「檢查傷兵，豬頭！」

「嘉綺！」我鬆了一口氣，連忙看向羅嘉綺：「妳能治療菈菈嗎？」

「這、這個，我不知道靈力治療對她有沒有效……」羅嘉綺苦惱地按住太陽穴，似乎是想要找到那可能存在又可能不存在的答案。

「我沒事。」菈菈的聲音傳來，她扶著牆，歪著半邊身體朝我們而來。因為身高的差距，亞麗莎根本扶不動她。

她雖然受到嚴重的傷害還發出可怕的聲音，但臉上看不見任何一點痛苦，也不像亞麗莎那樣吐了滿地血。

「我是魔導具，只要核心沒有損壞，都不會死去，這些傷我自己就能夠修補處理。」

「還真是方便的身體……但是妳這樣是想嚇死誰？你不要像大法師那樣走路喔！」我連忙上前扶起她，同時注意一旁的戰鬥。

黑球裡面的情形從這邊完全看不清楚，不過他們越打越遠了，應該是不會波及到我們。

菈菈的身體比想像中還輕，和她的外貌完全不同。

「家昂大人，你可以不用扶我。」菈菈的語氣帶著不悅和厭惡：「我不喜歡被人碰觸身體。」

「亞麗莎，命令她。」

「你太狡猾了，家昂大人。」菈菈瞪了我一眼。

「沒辦法。」我聳肩道：「這只是互助，妳剛剛不是也有扶我嗎？」

「那是無可奈何的情況，而且我不覺得主人能夠沒有你。」

「菈、菈菈！」亞麗莎抗議地叫道。

「真是個無可救藥的濫好人。」菈菈長嘆了一口氣，沒有再反抗。

「轟！」突然一聲巨響傳來，我們四個人不約而同回頭，塵土中有一道人影倒在地上。等到塵土散去，我們清楚看見倒在地上的人影。

「米、米可雅！」亞麗莎瞪大了眼。

嬌小的少女倒在地上，雙眼緊閉，似乎陷入了瀕死狀態。

那個可以同時和好幾個上位吸血鬼戰鬥的米可雅癱倒在地，全身是傷，腹部被開了一個血洞，胸口直接刺進心窩的短劍則是最嚴重的致命傷。

經過方才的激戰，這附近的地板、牆面全是駭人的坑洞，天花板甚至被打穿了，月光灑了進來，照在華生身上。

華生雖然是贏家，但狀況也好不到哪裡去。他失去整條左手，神色痛苦地跪在地上，原本精緻的眼鏡變得歪七扭八，只能勉強掛在耳際。右手中的黑色大劍只剩下半截，筆挺的西裝殘破不堪，露出底下淌著鮮血的傷口，顯然也處於魔力枯竭的狀態。

「米可雅……」亞麗莎一個箭步衝到她身邊。

米可雅虛弱地哼了幾聲，就像是在笑一樣。

「嘉綺！」我喊道。

羅嘉綺明白我的意思，立刻在米可雅身邊擺上符咒。符咒閃出螢綠光芒，但是不管怎麼治療，她的傷口都沒有癒合，鮮血不斷流出。

「家、家昂，不行！」羅嘉綺慌張地看我：「她的妖力流失得太快了，她、她……」

或許是顧慮到亞麗莎，她沒有說出那個大家都心知肚明的答案。

撲通一聲，亞麗莎跪在米可雅面前，漂亮的嘴唇微微顫抖，一臉不可置信。

突然一陣沙沙聲傳來，無數塵土從上方落下，接著是構築整個通道的磚頭——

「小心！」我慌忙叫道。

羅嘉綺比我更快一步，使用法術擊飛掉下來的磚塊，保護了眾人。空氣中瀰漫著粉塵，在月光的照射下有種朦朧的美，與目前的情況大相逕庭。

這裡有的，只是猙獰殘酷的現實而已。

「米可……雅……」亞麗莎虛弱道，聲音像是好不容易從齒縫裡擠出來的一樣。

「亞……麗莎……」米可雅也輕聲喚道。她努力睜開的雙眼沒有對焦，早已盈眶的淚水悄然滑落，卻還是微微揚起嘴角。「怎麼會……兩百年……見到我就是……哭呢……」

「兩百年了。」亞麗莎顫抖著，淚水不受控制地大量湧出。「兩百年了……」

「所以……更應該笑啊……」米可雅呵呵笑了幾聲，幾縷鮮血淌下嘴角。她吃力地撐起身體，倚在牆上，歪頭看著亞麗莎。「我知道妳一直……在找我……我也……一直在躲妳……就算我真的……很想妳……」

等等。我忽然感到事情有些不對。

回想起米可雅闖入競技場時對我說的話、所做的事情，到現在她和亞麗莎的對話，一個詭異的結論順勢而生──

米可雅在保護亞麗莎。

但是這個結論又和一項既定的事實完全不符。

米可雅殺了德古拉一族。

「我也很想妳……」亞麗莎說著握起小小的拳頭，那壓抑兩百年、背負兩百年的寂寞、憤怒、悲傷和思念，似乎即將崩潰。

她看著米可雅，用接近指責的方式叫道：「但是……但是為什麼！為什麼要殺了柴可夫斯基、蘿娜、父親、母親和姐姐們……為什麼妳要殺了他們！為什麼……告訴我為什麼！為什麼之後又突然消失！還有為什麼……要變成這個模樣……」

面對一連串的問題，米可雅沉默不語。

激動的質問在通道迴盪，隨著時間過去，整條通道也跟著沉默了下來。

沉默。

「……是為了保護亞麗莎嗎？」我忍不住開口。

「哈、哈哈……半吸血鬼……」米可雅笑了出來，隨著身體的顫抖，鮮血就多流出一些。「你……真多嘴……」

「為了保護我？」亞麗莎迷茫了一會，接著咬住下唇，從眼神中透露出憤怒：「為什麼老是……要把我當成妹妹看待？我才不需要妳的保護！我比妳還大，應該是我保護妳才對啊！」

「……第二次了……這次是第二次。抱歉了亞麗莎……奪走了妳的家族……但是這全是……」米可雅的聲音越來越微弱，安靜了幾秒後才又開口：「我……快不行了……」

「菈菈，真的一點辦法都沒有了嗎？」我蹙眉低聲問道。

兩百年來思念的人突然出現眼前，卻又為了保護自己而重傷死去——如果我是亞麗莎，我一定受不了。

她是亞麗莎最後的家人，不論兩百年前的真相究竟如何，她對亞麗莎來說都是十分重要的存在。

「能撐這麼久已經是奇蹟了。」菈菈搖了搖頭，看著米可雅的眼神沒有了敵意，取而代之的是憐憫，不知道是在可憐米可雅還是亞麗莎，又或許兩者皆是。

「……半吸血鬼……過來……」疲憊的米可雅突然說道。

我猶豫了一下，鬆手讓菈菈倚牆而坐，再走到米可雅身邊蹲下。

「有什……唔！」

話才說到一半，米可雅猛然彈了起來，精準且迅速地咬住了我的脖子！

「妳快點放開家昂！」羅嘉綺立刻尖叫。

「米可雅！快住手……他是我最後的……不要，妳不要這樣啊啊——！」

亞麗莎哭喊道。

撲通！

心臟大力抽動了一下，接著我感到有東西從我的頸動脈而入，順著血液在體內流竄。那熾熱的感覺宛如血液沸騰，我的呼吸開始跟著加速——

「沒事！」我連忙喊道。我知道米可雅不是要傷害我，她其實……

一股奇異的感覺將我和她暫時連結在了一起，有道溫暖柔軟的聲音在我腦海裡輕輕笑了笑——

果然很相似，亞麗莎就拜託你了。

米可雅鬆開嘴，失去力氣倒在地上。

同時間，許多畫面湧入腦海，我倏地打了個冷顫。

德古拉家的事、滅族的事、這兩百年來的事，米可雅的一切記憶，毫不保留地在我腦海中出現——以及，滿滿的思念。

「這樣啊……」不知何時，我的眼前已是一片模糊，眼淚不受控制地流出。

原來如此，所以米可雅才會……

「亞麗莎……」米可雅的白髮逐漸轉為金色，無神的瞳孔變成棕色，光滑的肌膚出現無數皺紋。她正以肉眼可見的速度快速衰老。

「……謝謝……對不起……我……」

她焦急地顫動雙唇，卻只能發出不成聲的氣音——她的身體早已崩解，化為白灰，最後她的臉上掛著一抹無奈的微笑，就這樣消逝在空氣中。

「米可雅……」亞麗莎先是呆愣了數秒，接著尖叫出聲，伸手徒勞地去抓那些白灰，卻什麼都留不下。

「米可雅啊啊——！」亞麗莎的部分黑髮褪成了雪白色，一道血紅色魔法陣瞬間展開，籠罩整個空間。

是覺醒，不完全的覺醒。

黑色氣息四處亂竄，空氣在悲鳴，大地在震動，一股紊亂的力量四處暴衝，所到之處所有物質都化為飛灰。我趕緊拉著羅嘉綺和菈菈靠近亞麗莎，避免被誤傷。

亞麗莎緩緩站起身，滿臉淚水地望著只餘暗紅血跡的地面。

「米可雅，我……」她的聲音沙啞又低沉，帶著強烈的殺意：「我現在就去幫妳報仇——！」

亞麗莎尖叫著朝不知何時已逃至出口的華生撲去，華生立刻叫出魔法陣，瞬間消失，亞麗莎怒吼一聲，也消失在視線裡。

「家昂大人，主人的魔力失控了！」菈菈緊張道：「她明明就不能覺醒，可是卻強迫自己覺醒了，她這樣很有可能……會死！」

「亞麗莎！」我連忙站起身，但心臟突然大力抽動，暈眩感瞬間襲來，整個人失去平衡跌在地上。

「家昂，你怎麼了！」羅嘉綺著急地抓著我搖晃：「你怎麼……為、為什麼你身上的妖氣這麼重！那個吸血鬼到底對你做了什麼！」

「果然……」我大力喘著氣，硬撐起身體倚在牆上。「菈菈，米可雅一開始也是半吸血鬼吧？」

「從我蒐集到的情報，是這樣沒錯。」菈菈說道，直直盯著我：「米可雅大人……把力量和記憶全部給你了嗎？」

「嗯……」我忍著噁心和暈眩感痛苦地點頭，聲音沙啞道：「抱歉，我暫時動不了……」

可惡，快動……快動啊！

「家昂……」

「我沒事，但是嘉綺，拜託妳，快去追亞麗莎。」

「可是……」

「拜託了，我真的沒事！」

「……好吧，我知道了。」羅嘉綺扔出符紙，召喚出炎狼，迅速地爬了上去。

炎狼箭矢般直衝而出，在消失前，她還擔心地回頭看了一眼。

該死，我實在太沒用了！

我甩開自責的情緒，轉頭看向菈菈。

「我正在吸血鬼化，明明不是滿月。我……會不會沒辦法變回人類？」

得到了米可雅的記憶，我知道她原本也是人類，是被亞麗莎轉化成半吸血鬼，然後在**那一次事件**中成為完全的吸血鬼，成功覺醒滅了德古拉一族——一切都是為了亞麗莎。

說穿了，米可雅就只是個笨蛋，用笨拙的手法守護著亞麗莎。

「靈魂之吻……這是一種傳承力量的魔法，米可雅把她所有的力量都給了你。」

「也包括記憶和信念。」我扶著額頭說道：「我全部接受了。可是，如果不變回人類的話，亞麗莎她……會很自責吧？」

自責還只是最輕的程度而已，發生了這一連串事件，瀕臨崩潰的她恐怕不只會自責，甚至可能到尋死的地步——

「我不清楚。」菈菈說道：「我只知道靈魂之吻通常是將死的吸血鬼傳承力量的方法，使用後將消失得連灰都不剩。至於家昂大人能不能變回人類，很抱歉我無法解答。」

「……是這樣嗎？」

「雖然這句話從吸血鬼一族的魔導具口中說出來很好笑……」菈菈說著，嘴角微揚：「但這種時候，請相信神吧。」

我輕輕哼出聲，乾燥的喉嚨不允許我笑。

又是吸血鬼笑話啊？

「雖然我還不清楚當年的真相……」菈菈望著我，慢慢說道：「但總覺得，如果是為了守護主人，我也很可能做出和米可雅大人一樣的事。」

是一定會吧。因為，當年啟動菈菈的就是米可雅……

「一定要讓她好好吃飯」、「一定要好好保護她」、「一定要讓她幸福地活著」……米可雅當初說了一堆願望，菈菈大概都不記得了吧？

雖然沒有意識到，但是她還是完美地完成了任務，這兩百年來接受米可雅的魔力，好好地守護著亞麗莎；而隨著米可雅消失和力量的轉移，她將依賴著我的魔力，繼續活下去。

米可雅，妳的願望已經實現了，妳的遺志我也會繼承，妳就放心地休息吧。

我扶著牆壁站起身，大力地深呼吸，接著拿出手機確認自己的狀況。黑髮、紅瞳、獠牙，我已經完全成了吸血鬼。

「家昂大人，主人就拜託你了。」

我回頭向菈菈一笑，鮮血渴望讓我暫時發不出任何聲音。

亞麗莎就拜託你了。

米可雅的遺志在腦海中反覆迴盪。

其實不用特別交代，我也會這麼做的。

再深吸一口氣，我開始狂奔。

——因為，我喜歡亞麗莎。

Chapter 8.

絕對不死

羅嘉綺正陷入苦戰。

只是苦戰而不是倒在地上，真的值得慶幸。

有句成語「垂死掙扎」，大概就是在形容華生現在的情形。少了一隻手，全身傷痕累累、灰頭土臉，他一邊出招一邊試著逃跑。

身受重傷，還能讓羅嘉綺陷入苦戰，真不敢想像他沒受傷的話，如今局面會是如何。

我試著冷靜分析情況，然而胸中洶湧的怒意不斷衝擊神經，我的腳下出現一個完全不受控制的黑色魔法陣。

亞麗莎倒在血泊中，肚子被開了一個洞，雙眼緊閉，沒有任何動靜。如果沒有羅嘉綺擺在她身邊的治癒符咒，恐怕——

「嗷嗚——」

渾身是傷的炎狼倒下，噗的一聲消失在原地。

同時間，滿頭是汗的羅嘉綺也向旁一倒，所幸被我即時扶住才沒有和地面接吻。

「家、家昂……」她大力喘著氣，擠出一抹苦澀的笑容。

「……我都知道。」我比了個噤聲的手勢，對她微笑：「所以，好好休息吧。」

「對不起……」

「不用道歉，妳做得很好。」我輕聲說。我知道，她為了保護亞麗莎已經盡了全力。

「真的……很對不起……」晶瑩剔透的淚水從眼眶中流出，她懊悔地說：

「我……沒有保護好亞麗莎……」

「我說了，沒關係。」

「可是、可是……」

「我有辦法，沒關係。」我說道，輕輕放下羅嘉綺，讓她坐在地上。「現在再拜託妳一件事情，好好看著亞麗莎，別讓她亂跑喔。」

「嗚……唔嗯……」羅嘉綺點了點頭，抹去眼淚，開始繼續替亞麗莎進行治療。

一邊治療亞麗莎一邊戰鬥，她的實力居然已經到這種地步……難怪亞麗莎這麼看好她。

「半吸血鬼嗎？」華生勾起嘴角，那是一抹不屑的笑容。「滅族者都拿我沒辦法了，你會有什麼本事？不過是個不完全的傢伙。」

「別逞強了，華生，你這些話聽起來就像是在哀求我放過你。」我瞪著他：

「你現在的狀況連人類的妖怪獵人都能拖住你，更何況是吸血鬼？而且我並非不完全啊，難道你連眼睛都不行了嗎？」

一個人的話的確不完全。

但如今，我有了一起守護同樣事物的伙伴。

兩人份的力量、兩人份的心意，以及在一旁支持我的兩人份的聲援，補足了我不完整的部分——

「去死吧。」我說，十個黑色魔法陣緊接著出現，黑甲戰士從中爬出，依照我的意志殺向華生。這是米可雅名為「暗黑騎士團」的死靈魔法。

黑甲戰士一擁而上，華生不疾不徐地以手一招，我的戰士全被黑色氣息纏繞包覆住，眨眼間消失無蹤。

「用死靈傀儡來對付我？也太小看人了吧！」華生得意笑道。

我沒空和他進行口舌之爭，以空間轉移魔法瞬移到他身後，接著全力往他的頸椎摜下去。拳頭紮實打在肉體上，他的脖子發出碎裂聲，腦袋歪向一旁，整個人飛出去撞在牆上。

「我知道這樣殺不死你。」我說著站到他面前睨著他：「我有事情要問你。」

透過米可雅的記憶，我知道了德古拉滅族的真相，我接收的不只有她對亞麗莎的情感，還包括了她對德古拉一族以及華生一族的憤怒——當年的事，可不只有華生所說的「聯姻」這麼簡單。

「哈哈哈哈哈哈……」華生歪著頭，以詭異的姿勢從磚頭堆中爬起來。他輕輕一扶，腦袋就像沒事般地回歸原位。「看樣子你從滅族者那裡接受了她的一切，對吧？」

我沒有回應這不必要的問題，只是盯著他。

亞麗莎未婚夫的名字叫做康德·華生，是華生一族的前任當家，同時也是眼前納德·華生的哥哥。

一切的不幸就是從康德·華生開始。

華生揚著嘴角，陰沉的笑容看了就讓人不悅。

「你不覺得如果華生和德古拉結合，打造出最強的吸血鬼王國根本不是問題嗎？」

他的話語觸動了米可雅的記憶，我的腦袋猛地一疼，米可雅似乎把什麼東西藏在記憶深處，而華生的話語正把它挖出來。

「兩支最強的吸血鬼一族，再加上冠冕·佛拉德，這完全是建立吸血鬼王國，稱霸歐洲大陸的最佳條件！」

隨著他的話語，我的頭痛得更厲害，米可雅把記憶埋藏起來一定有她的理由，我很確定這不是什麼好的回憶。

「德古拉的前一任當家，也就是亞麗莎．德古拉的父親，聽了我們的提議後決定和我們聯姻。」

沒錯，亞麗莎的十一個姐姐一個接一個嫁出去，從一月開始，十二姐妹嫁掉了十一個，而亞麗莎最小，婚期被排在最後，準備在十二月二十五日那天出嫁。

「於是，幸福美滿的婚姻生活開始了！」華生說著尖笑了起來，身邊出現一股不祥的氣息。

「這個計畫，說穿了就是利用兩家的血統產出最強的士兵，既然吸血鬼能長生不死，那麼只要德古拉家的女人一直生、一直生、一直生——像母豬一樣生產下去，很快我們就能夠稱霸整個歐洲！但．是．啊，自然生產的方式實在太慢……」

我忽然有種想吐的衝動，並不是因為他的話太噁心，而是因為逐漸浮現腦海的畫面——

在陰暗的地下室裡，曾經活潑美麗的女孩全都失去自主意識，變成了生育機器，那披頭散髮的瘋癲模樣，就像個幽靈，一想到亞麗莎也將變成這模樣，深沉的恐懼就油然而生。

必須保護亞麗莎，不能讓她變成這樣——為了亞麗莎。

這樣的信念讓米可雅覺醒成完全的吸血鬼，利用眾人毫無防備時殺了所有女人、嬰兒，以及德古拉家所有知情的人們——亦即除了亞麗莎以外，德古拉家族的兩百七十三名吸血鬼。

浮現在腦海中的畫面斷斷續續，只有恐懼、憎惡的情緒強烈地充斥每一個片段，那殘暴又毫無人性的做法，不管是誰看了都無法忍受。

米可雅知道亞麗莎對這件事情完全不知情，為了不讓她厭惡族人，也擔心她失控去找華生一族報仇，所以決定獨自背負著一切離開德古拉古堡。

臨行前，她因為擔心亞麗莎沒辦法好好照顧自己，所以啟動了代號路西法的戰鬥用魔導具，也就是菈菈，還特意佯裝瘋狂，錄下那一段我當時無法理解用意的錄音。

米可雅所做的一切，都是為了避免亞麗莎再遇到不幸的保障，卻被亞麗莎當成了「詛咒」，就這樣孤獨地活了兩百年。

這兩百年來的痛苦，如果是精神M的狀態下，我一定會爽到心臟麻痺。

但亞麗莎不是我。

「華生一族完美的計畫，全毀在那個滅族者手中！」華生冷哼了幾聲：「她毀了『工廠』、殺了『士兵』，所有一切都被她毀了，害我們也差點遭殃！好險我們切割得快，才沒有在那時候跟著滅族！」

迅速和康德切割，將所有問題全賴到他身上將他處死，華生家才保住了現在的地位。

這也讓米可雅不敢下手，因為只要一下手，在沒有任何證據的情況下很可能拖累亞麗莎。

就這樣過了兩百年，和**那個男人**在臺灣一起生活的米可雅突然收到一封信。

我們將在吸血鬼冠冕爭奪戰對上亞麗莎‧德古拉。兩百年前的事件，並未結束。

讀完信，發狂的她立刻從臺灣趕了過來。之所以能這麼快，全是仰賴**那個**

男人的幫助。

「今年，好不容易我們找到了新的棋子，那個可恨的半吸血鬼卻又跑出來攪局。」下一秒，華生眨眼間從原地消失，低沉的嗓音在我耳邊低語：「對了，你好像也是半吸血鬼？」

不好！

我向前一翻，卻仍落入了包圍圈中，無數個納德・華生就像是影分身術一樣驀地出現，全部同時朝我撲來！

情急之下，我也不知道自己如何做的，一把黑色長劍就這麼出現在手中，長劍的名字相當自然地從我的口中流出——

「偽・德古拉之牙！」

我振臂一揮，以迅雷不及掩耳的速度將所有分身砍成兩半。而黑色長劍如同回應呼喚一般，一陣黑色氣息出現在劍身周圍，颳起旋風。

我站起身，將劍尖指向出現懼色的華生。

長劍相當輕盈，呈現黑色半透明狀，就像是黑色氣體構成的劍，劍身有一縷淡淡的黑色氣息纏繞，給人一種深不可測的感覺。

不過，那個「偽」是什麼意思啊？

這點並不在米可雅的記憶中，因為這根本不是她的武器。

「德古拉之牙……第一代德古拉的配劍？不過，那個『偽』字未免也太可笑！」華生冷笑著衝過來。

心知將有場硬仗，我連忙舉劍準備格擋。

「果然還是太嫩了，半吸血鬼！」他高聲道。

一股力量從後頸襲來，頸部傳來尖銳的痛楚，視野忽然不受控制地下滑。

我立刻用手扶住腦袋，想利用再生能力把頭接回去。

然而傷口讓未痊癒，一股力量猝不及防從後背而來，將我打飛了出去。只見我的身體離我越來越遠，整個世界天旋地轉。

「就算是初代德古拉伯爵，一旦腦袋和身體分家，也只能成為可悲的屍體。」

「哈、哈哈哈哈哈哈——」強烈的痛楚讓我大笑出聲。我的身體落在前方數公尺處，頸動脈正瘋狂噴出鮮血，濺得我一臉都是。

我依然能感覺得到自己的身體。

我還活著。

「不可能……不可能！」

華生看著我的表情充滿驚訝。

「事實不就擺在眼前了嗎？」一動念，倒在前方的身體真的爬了起來，我撿起自己的腦袋，將頭放回屬於它的地方。「你是殺不死我的。」

不過最意外的人應該是我自己才對，我完全不知道這是怎麼一回事，這已經完全超過我對「M之力」所熟知的範圍。

唯一確定的是，這其中包含了米可雅的力量。

「『不死存在』……這種傳說等級的能力，不可能出現在你這個半吸血鬼身上！」

「沒有什麼不可能的。」我一個箭步衝到他面前，和他面對面地低聲說道：「你就安心地去死吧。」

我揮劍削向他的腰際，砍不到多深就被他躲開，還沒完全適應這樣身體能力的我沒辦法立刻追擊，但是這樣已經足夠——

華生的傷口沒有癒合，流出大量鮮血，他痛苦地大叫，那張扭曲的臉已經完全失去原本的模樣。

「居然是真貨……專殺吸血鬼的劍！」

華生瞪著我，臉色發白。

他痛苦地按住傷口，渾身都是破綻。機不可失，我準備給他最後一擊，但是就在踏出腳步的瞬間，魔法陣於腳下出現，數條黑線迅速竄出纏住我的腳，讓我跌了個狗吃屎。

華生陰險笑著，猛地衝向羅嘉綺和亞麗莎！

「快逃！」

我匆忙召喚出黑甲戰士阻攔，卻被輕鬆突圍，華生咧開獠牙，逼近躺在地上的亞麗莎——

「轟！」火柱忽然爆開，不偏不己地打中飛在半空的華生。

我立刻操縱黑甲戰士，數十把長劍避開要害，全數插進他的身體，將他釘在地上。

「不准……不准你再傷害亞麗莎！這是我答應家昂的事情！」羅嘉綺手持符咒，周圍的地面上出現許多紅色的術式圖騰，看來是她預先安排好的防護措施。

「做得好，嘉綺。」

我掙脫魔法陣，喘著氣護在她們身前。

「哈、哈哈哈哈哈——」華生仰頭大笑，無視眼前的劣勢。

「已經結束了，華生。」我睨著他道。

「不，只有華生家帶領吸血鬼建立吸血鬼王國，這一切才會有完結的一天！

由華生一族統治整個歐洲大陸，這是必然的結局！」

「華生一族永遠不會有那個機會，也沒人對你們可笑的王國有興趣，你別再做夢了。」我搖了搖頭。

「你就等死吧，半吸血鬼！在華生家族面前，半吸血鬼不過是脆弱的嬰兒，只要我的族人到來……」

「他們不會來了。」我打斷他，又強調一次：「他們，不會有人來。」

「你在說甚麼鬼話！」他大聲駁斥道。

早在米可雅大鬧競技場之前，她和**那個男人**就已經找華生一族談判過了。後來因為談判破裂，除了先行抵達競技場的納德．華生以外，華生家其餘四十三名吸血鬼，全被**那個男人**殺害。

我淺淺一笑，決定不把那個男人的存在說出來。

「這齣鬧劇從開始至今，已經有好幾個小時了，如果你的族人真的會來，你不覺得他們早該出現了嗎？」

「不可能！我是他們的王……他們不可能拋棄我！」

華生那副狼狽樣讓他看起來更加可憐。

「你不是也拋棄了你的王——拋棄你的哥哥？」我冷笑。

「不一樣！他是個沒有能力的傢伙，就和父親一樣！過去是我帶著華生一族走向繁榮——一直都是我帶著華生走向榮耀，他們不可能背叛我！」

「……華生一族，你是最後一個存活的人。」

我刻意潑了他一盆冷水。

「我、我是最後一人？」

「是啊，你是最後一人，其他人早就……」

我說著，做出一個殺頭的手勢。

「不可能，滅族者的實力不可能殺光我們一族！有史以來，這個世界上只有……」他說著像是想到了什麼：「難道是他……難道、難道是失蹤的初代德——」

我的劍瞬間刺進他的心臟。

「你知道得太多，也說得太多了。」

「啊……啊……」他的臉色一片慘白，痛苦地抓著胸口。

「第一劍是替亞麗莎的姐妹們刺的。」我說著刺下第二劍：「而這一劍，是替米可雅刺的……為了你們而背負兩百年的黑暗。」

我抽出劍，使盡全力刺下最後一擊。

「最後一劍，是為了亞麗莎。」

黑劍刺穿他的身體，一直沒入到劍柄為止。

華生瞪著眼抽搐了幾下，就再也沒有動靜，一副像是在笑又不是在笑的奇怪表情。

我連連乾嘔了好幾聲，好不容易才壓抑住胃裡的嘔吐感，虛脫地向後跌坐在地。

我殺人了。

和殺蟾蜍精的感覺不一樣，那時候我失去了理智，這次卻是清楚地知道自己親手殺害了一個人。

從小到大的道德觀都告訴我不能殺人，不論對方是壞人與否，都該交由法律制裁，然而妖怪的世界和人類不同。

只有自己的力量可以依靠。

我……會不會越來越像妖怪呢？

我看向沾滿鮮血的雙手，忍不住乾笑幾聲。

「……亞麗莎。」

現在不是傷春悲秋的時候，多想無益，我艱難地爬起來，踉蹌著走到亞麗莎身邊。

「家昂……」羅嘉綺哭喪著臉，擺在亞麗莎身邊的符咒已經失去光芒。「亞麗莎……亞麗莎她……」

「多久了？」我蹲下來，把耳朵貼上亞麗莎心窩。

「什、什麼多久了……」

「妳停下治療已經多久了？」

「就在你來的時候……」

希望還來得及……我雙手交疊，壓上亞麗莎的胸口。

跳啊、跳啊、跳啊！亞麗莎……

「亞麗莎——！」

「撲通！」彷彿在回應我的呼喚，原本平靜的胸口微微震了一下。

渺茫的希望之火重新燃燒，我更加奮力地做ＣＰＲ，幾秒過後又傳來另一下心跳。雖然相當慢，但是可以肯定亞麗莎還活著！

「嘉綺，退後！」

「欸？」

「妳快一點！我要把握時間救她！」我克制不住脾氣吼道。

「對、對不起……」

羅嘉綺瑟縮了一下，乖乖地向後退。

「……抱歉，因為真的沒有時間。」我說著一把抱起亞麗莎。

「我知道。」羅嘉綺垂下頭道：「我都知道……我早就知道了……」

我知道我應該去安慰她，但是現在時間緊迫，我不得不將救人放在第一位。

我打算用「靈魂之吻」，把從米可雅那裡得到的力量轉給亞麗莎，這樣一來不僅能救她，我也能夠回復成人類，而不會變成飛灰。

這不是最好的結局，但也不算太差，至少我們都能活下來。我將魔力集中在獠牙上，對準亞麗莎漂亮的脖子一咬！

回來吧，亞麗莎，地獄可不是妳該去的地方！

我可以感覺到魔力透過獠牙瘋狂流逝，往亞麗莎體內聚集，她像是乾燥的海棉般將魔力盡數吸收，轉眼間丁點不剩。

我喘著氣鬆開嘴，亞麗莎脖子被我咬出來的洞和身上其他的傷都開始癒合，臉蛋也逐漸回復血色。

她的胸口出現一道血紅色的魔法陣光芒，片刻便收縮消失在心臟處。

亞麗莎平躺在我的懷中，依然閉著雙眼。

沉默。

雖然有了呼吸，心跳也回復了，她卻沒如我預料地睜開眼睛。

「……亞麗莎。」

我輕搖她的身體，她仍舊一動也不動。

我大力地嚥口口水，又喊了她幾次，還是沒有任何反應。

不會吧……不會吧！

「亞麗莎……」淚水忍不住潰堤，滴滴答答落在她的臉上，我把眼淚擦乾，沒多久卻又泛濫成災。「雖然妳平胸、暴力、毒舌、任性，此外還是個沒用的家裡蹲……可是妳既堅強又溫柔，而且強大，長得也很可愛……」

我的腦袋一片混亂，想到什麼就說什麼，希望亞麗莎聽到了會醒來，就算是醒來打我也沒關係。

但是，她沒有甦醒。

「妳還記得我們第一次相遇的事情嗎？真的是被妳害慘了……跟妳一起被追殺，後來我還被殺死，好險有妳救我……我總是很亂來呢，每次都讓妳擔心……」我乾笑幾聲：「真的……很抱歉……」

亞麗莎會這樣一直沉睡下去嗎？

「所以……妳最少醒來聽我說啊……就算只是一句話……亞麗莎——！」

「啪！」

我突然被甩了一巴掌。

「吵死了……」亞麗莎不悅地緩緩睜開眼：「就只是……休息一下而已……為什麼要……吵我……」

「……欸？」

因為大量的魔力注入，身體需要一段時間調整，所以亞麗莎才會陷入沉睡狀態，簡而言之就是我搞烏龍。

雖然我將大部分來自米可雅的魔力全部給了亞麗莎，但她並未回到全盛期的強度，主因是米可雅當時流失了太多魔力，沒剩多少給亞麗莎，何況她的力量主要是拿來啟動我體內本來就有的魔力。

正是因此，現在我仍是半吸血鬼，卻處在隨時可以變成吸血鬼的狀態，滿月不再是我的限制。

不算回到起點，也不是最糟糕的終點。

往後的日子會怎樣？誰知道，或許哪天我也會變成西妖殲跟妖怪獵人獵殺的對象。

我提著裝滿餅乾的籃子走到德古拉古堡其中一條小徑的盡頭，這裡是一片幾乎看不見邊際的花海，各式各樣、五彩繽紛的花朵綻放，相當壯觀，再加上溫暖的陽光、徐徐微風帶來的花香，令人心曠神怡。

小徑盡頭是棵枝葉茂密的大樹，樹下有個和風景格格不入的石製墓碑，亞麗莎很沒禮貌地倚在墓碑上打電動。

不知道這次她的PSV有沒有開機。

帶著菈菈烤的餅乾和紅茶——菈菈的身體還未完全修復，沒辦法走太遠，目前留在家裡休養和做點雜務。

我走到亞麗莎身邊坐下，看向發亮的電動螢幕。她玩的是一款以吸血鬼為主角的知名RPG，她把主角命名為自己的名字，而她的夥伴則是……

我已經把事情的所有經過全部告訴亞麗莎了，我不清楚她究竟釋懷了沒有，但她的眼神顯然比以前澄澈了許多，或許這才是真正的她。

「天氣真好。」我拿了塊餅乾：「住了三天，深深覺得這裡真是個放鬆的好地方。」

因為擔心亞麗莎，我特地向便利商店跟學校請了假。

至於羅嘉綺，事件結束之後一直悶悶不樂的，在入口連結回臺灣後便匆匆趕回去了，這幾天完全沒有出現也沒有跟我聯絡，傳Line給她都是已讀不回。

真讓人有點在意……

「這裡是米可雅最喜歡的地方，她總是說這裡的花海很漂亮，有一天想開間花店。」亞麗莎的聲音微妙地既不平淡也不激昂：「所以，我才決定把她葬在這裡，讓她能一直看著這片花海。」

雖然說是墓，但下葬的只有米可雅的遺物。

看著亞麗莎沒有任何表情的側臉，我有些難過。

「……亞麗莎。」

「嗯？」

「我們……來當朋友吧。」我說道。其實這不是我真正想說的話，真正想說的話實在太難說出口。

「……」

「怎麼了嗎？」突然的沉默讓我有點緊張。

「我們已經是朋友了，不是嗎？」她轉頭看我，微微一笑。

「嗯。」我也微笑。

「……死掉了，都是你害的，豬頭！」她的笑臉瞬間變成白眼。

「什麼！」

一陣微風拂過臉頰，望著飛舞的花瓣我伸個懶腰，然後有些粗魯地抓住她的手，緊緊握住。

「請多指教，亞麗莎。」

抖M的半吸血鬼

Masochistic
Dhampir

Bonus

故事的起點

因為工讀生不在，身為店長的李正龍不得已地出來代班。

「真是的，年輕人說請假就請假，單身的人該死就對了。」李正龍長嘆一口氣，又打了個呵欠。

突然入口的門鈴聲傳來，他立刻閉上嘴巴，擺出營業用的笑容。

「歡迎光——」看清客人樣貌的瞬間，他的笑容僵住了。

進門的是一個紅髮男人，穿著不符季節的紅色大衣，嘻皮笑臉地走了進來，直接站到櫃檯邊。

李正龍壓了壓太陽穴。

「……D，人家說無事不登三寶殿，你大老遠從梵蒂岡跑來有什麼事嗎？」

「欸，你別這樣好不好！」D露出一副受傷的表情：「我難得能過來看你耶，阿龍。」

「不是吧——你每次來都沒好事！」李正龍白了D一眼，回想起先前的經驗，他就忍不住再翻一次白眼。

「這樣不行啊，身為妖怪發展促進協會亞洲區的負責人，又是傳說中的神獸青龍，器量不可以這麼小喔！」

D大笑了起來，拍了拍李正龍的肩膀——李正龍就是討厭他這點卻又對此沒轍。

「我是來報告的。」

「報告什麼？」

「你知道你地盤裡有兩個德古拉家族的吸血鬼吧？」

「啊——知道。」

何止知道，其中一個還是他家員工。

「他們兩個讓吸血鬼間變得一片混亂，主因是華生家幹的好事傳開了……尤羅比斯的報告你應該收到了吧。」

「嗯。」李正龍點了點頭，掏出口袋的香菸點了起來。

「我是來跟你說明昨天總會的決定：吸血鬼之王依然是德古拉家族。」D說著，一屁股坐上櫃檯：「而且吸血鬼冠冕爭奪戰會停止一段時間，這段期間德古拉家族的行為和王權的正當性，都交由妖怪會監督。」

「簡單地說，你要我監督他們？」

「沒錯！」

「真是的，所以我說你這個總會會長一出面就沒好事。」李正龍嘆了口氣：「那身為王權象徵的皇冠呢？聽說失蹤了？」

「對。」D點了點頭：「不知道被丟到哪裡去了，搜索隊在競技場找了三天，除了一堆屍體外什麼都沒找到。」

「這樣子吸血鬼的體制會有所動搖吧。」

「不會的。」

「怎麼說？」李正龍有些好奇。

「德古拉家現在可是有個強到不像話的吸血鬼，雖然還不完全，卻已經擁有了『絕對不死』的屬性，加上他體內囤積的大量魔力，誰敢動他啊！」

「……是嗎？」李正龍頓感頭痛，這樣像炸彈的傢伙居然是他的員工！

「正事談完，來說點題外話，你這次賺了多少？你是押德古拉家稱王吧？」

「當然。不過賺得不多，畢竟我還有這間店要顧啊！」

「喔喔，阿龍，你不一樣了呢，眼神竟然這麼溫柔……一定是個好老闆。」

「好到被人欺負啊！」

「不過，這間店是她的夢想吧？真是懷念……」

兩個人就這麼在店裡有一搭沒一搭地敘舊。

這是間不起眼的便利商店，鄉下隨處可見的便利商店，卻擁有著非比尋常的不平凡。

——《抖M的半吸血鬼03》完

——《抖M的半吸血鬼》全系列完

高寶書版集團
gobooks.com.tw

輕世代 FW177
抖M的半吸血鬼03(完)

作　　者　哈　皮
繪　　者　水　佾
編　　輯　林紓平
校　　對　林紓平
美術編輯　邱筱婷
排　　版　彭立瑋
企　　劃　陳煒翰

發 行 人　朱凱蕾
出　　版　英屬維京群島商高寶國際有限公司臺灣分公司
Global Group Holdings, Ltd.
地　　址　臺北市內湖區洲子街88號3樓
網　　址　www.gobooks.com.tw
電　　話　(02) 27992788
電　　郵　readers@gobooks.com.tw（讀者服務部）
pr@gobooks.com.tw（公關諮詢部）
傳　　真　出版部　(02) 27990909　行銷部 (02) 27993088
郵政劃撥　19394552
戶　　名　英屬維京群島商高寶國際有限公司臺灣分公司
發　　行　希代多媒體書版股份有限公司/Printed in Taiwan
初版日期　2016年2月

國家圖書館出版品預行編目(CIP)資料

抖M的半吸血鬼 / 哈皮著.-- 初版. -- 臺北市：高寶國際, 2016.02-
冊；　公分. --

ISBN 978-986-361-235-3(第3冊：平裝)

857.7　　104005460

三日月書版

三日月書版

GOBOOKS
& SITAK
GROUP©

GOBOOKS & SITAK GROUP©